O OLHO MAIS AZUL

TONI MORRISON

O olho mais azul

Com posfácio da autora

Tradução
Manoel Paulo Ferreira

2ª edição
11ª reimpressão

Copyright © 1970 by Toni Morrison
Copyright do posfácio © 1993 by Toni Morrison

Grafia atualizada segundo o Acordo Ortográfico da Língua Portuguesa de 1990, que entrou em vigor no Brasil em 2009.

Título original
The Bluest Eye

Capa
Alceu Chiesorin Nunes

Imagem de capa
The Emancipation Approximation (detalhe), Kara Walker, 1999, recorte em papel, instalação. MAXXI — Museo Nazionale delle Arti del XXI Secolo, Roma

Preparação
Laura Teixeira Motta
Maria Cecília Caropreso

Revisão
Ana Maria Barbosa
Carmen S. da Costa

Atualização ortográfica
Valquíria Della Pozza

Dados Internacionais de Catalogação na Publicação (CIP)
(Câmara Brasileira do Livro, SP, Brasil)

Morrison, Toni
    O olho mais azul / Toni Morrison ; tradução Manoel Paulo Ferreira; com posfácio da autora. — 2ª ed. — São Paulo : Companhia das Letras, 2019.

    Título original: The Bluest Eye.
    ISBN 978-85-359-0315-7

1. Ficção norte-americana I. Título.

02-6395   CDD-813

Índice para catálogo sistemático:
1. Ficção : Literatura norte-americana   813

Todos os direitos desta edição reservados à
EDITORA SCHWARCZ S.A.
Rua Bandeira Paulista, 702, cj. 32
04532-002 — São Paulo — SP
Telefone: (11) 3707-3500
www.companhiadasletras.com.br
www.blogdacompanhia.com.br
facebook.com/companhiadasletras
instagram/companhiadasletras
twitter.com/cialetras

*Aos dois que me deram a vida
e a quem me tornou livre*

Esta é a casa. É verde e branca. Tem uma porta vermelha. É muito bonita. Esta é a família. A mãe, o pai, Dick e Jane moram na casa branca e verde. Eles são muito felizes. Veja a Jane. Ela está de vestido vermelho. Ela quer brincar. Quem vai brincar com Jane? Veja o gato. Está miando. Venha brincar. Venha brincar com a Jane. O gatinho não quer brincar. Veja a mãe. A mãe é muito boazinha. Mãe, quer brincar com a Jane? A mãe ri. Ria, mãe, ria. Veja o pai. Ele é grande e forte. Pai, quer brincar com a Jane? O pai está sorrindo. Sorria, pai, sorria. Veja o cachorro. Au-au, faz o cachorro. Quer brincar com a Jane? Veja o cachorro correr. Corra, cachorro, corra. Olhe, olhe. Aí vem um amigo. O amigo vai brincar com a Jane. Eles vão jogar um jogo gostoso. Brinque, Jane, brinque.

    Esta é a casa é verde e branca tem uma porta vermelha é muito bonita esta é a família a mãe o pai dick e jane moram na casa branca e verde eles são muito felizes veja a jane ela está de vestido vermelho ela quer brincar quem vai brincar com jane veja o gato está miando venha brincar venha brincar com a jane o gatinho não quer brincar veja a mãe a mãe é muito boazinha mãe quer brincar com a jane a mãe ri ria mãe ria veja o pai ele é grande e forte pai quer brincar com a jane o pai está sorrindo sorria pai sorria veja o cachorro au-au faz o cachorro quer brincar com a jane veja o cachorro correr corra cachorro corra olhe olhe aí vem um amigo o amigo vai brincar com a jane eles vão jogar um jogo gostoso brinque jane brinque

Estaéacasaéverdebrancatemumaportavermelhaémuitobonitaestaéafamíliaamãeopaidickejanemoramnacasabrancaeverdeelessãomuitofelizesvejaajaneelaestádevestidovermelhoelaquerbrincarquemvaibrincarcomjanevejaogatoestámiandovenhabrincarvenhabrincarcomajaneogatinhonãoquerbrincarvejaamãeamãeémuitoboazinhamãequerbrincarcomajaneamãeririamãeriavejaopaieleégrandeefortepaiquerbrincarcomajaneopaiestásorrindosorriapaisorriavejaocachorroau-aufazocachorroquerbrincarcomajanevejaocachorrocorrercorracachorrocorraolheolheaívemumamigooamigovaibrincarcomajaneelesvãojogarumjogogostosobrinquejanebrinque

Cá entre nós, não houve cravos-de-defunto no outono de 1941. Na época pensamos que era porque Pecola ia ter o bebê do pai dela que os cravos-de-defunto não cresceram. Um pequeno exame e muito menos melancolia nos teriam provado que as nossas sementes não foram as únicas que não brotaram: as de ninguém brotaram. Nem mesmo os jardins que ficavam de frente para o lago exibiram cravos-de-defunto naquele ano. Mas estávamos tão profundamente preocupadas com a saúde e o nascimento do bebê de Pecola que não conseguíamos pensar em outra coisa que não fosse a nossa magia: se plantássemos dizendo as palavras corretas, as sementes brotariam e daria tudo certo.

Passou-se um longo tempo até que minha irmã e eu admitíssemos para nós mesmas que não ia sair broto algum das nossas sementes. Quando entendemos isso, só aliviávamos nossa culpa com brigas e acusações mútuas sobre a responsabilidade pelo fato. Durante anos achei que minha irmã tinha razão: a culpa foi minha. Eu as tinha plantado fundo demais na terra. Jamais ocorreu a nenhuma das duas que a própria terra pudesse estar improdutiva. Tínhamos jogado as sementes no nosso canteiro de terra negra exatamente como o pai de Pecola havia jogado as suas no canteiro de terra negra dele. Nossa inocência e nossa fé não foram mais produtivas do que a luxúria ou o desespero dele. O que está claro agora é que, de toda a nossa esperança, do medo, luxúria, amor e pesar, não resta nada além de Pecola e da terra improdutiva. Cholly Breedlove está morto; nossa inocência também. As sementes murcharam e morreram; o bebê dela também.

Não há realmente mais nada a dizer — a não ser por quê. Mas, como é difícil lidar com o porquê, é preciso buscar refúgio no como.

OUTONO

Passam freiras, silenciosas como a luxúria, homens bêbados e olhos sóbrios cantam no saguão do hotel grego. Rosemary Villanucci, nossa amiga que mora ao lado, em cima do café do pai, está sentada num Buick 1939 comendo pão com manteiga. Desce a janela para dizer à minha irmã, Frieda, e a mim que não podemos entrar. Olhamos fixo para ela, querendo o pão, mas, mais do que isso, querendo furar os olhos dela para arrancar a arrogância e arrebentar o orgulho da posse que lhe curva a boca que mastiga. Quando ela sair do carro, vamos lhe dar uma surra, deixar marcas vermelhas na sua pele branca, ela vai chorar e perguntar se queremos que baixe as calças. Diremos que não. Não sabemos o que deveríamos sentir ou fazer caso ela fizesse isso, mas toda vez que pergunta sabemos que está nos oferecendo algo de precioso e que devemos afirmar nosso orgulho recusando-nos a aceitar.

As aulas começaram, e Frieda e eu ganhamos meias marrons novas e óleo de fígado de bacalhau. Os adultos conversam em voz cansada e nervosa sobre a Companhia de Carvão Zick's e, à noite, levam-nos até os trilhos da ferrovia, onde enchemos sacos de aniagem com os pedaços minúsculos de carvão que estão caídos pelo chão. Mais tarde, andando de volta para casa, olhamos para trás para ver a grande quantidade de escória sendo despejada, em brasa e fumegante, no barranco que cerca a usina siderúrgica. O fogo moribundo ilumina o céu com uma opaca claridade alaranjada. Frieda e eu ficamos para trás, fitando a mancha de cor cercada de preto. Impossível não sentir um arrepio quando nossos pés deixam o caminho de cascalho e afundam na grama morta do campo.

Nossa casa é velha, fria e verde. À noite, um lampião de querosene ilumina uma sala grande. Os outros aposentos ficam no escuro, povoados por baratas e camundongos. Os adultos não conversam conosco — dão-nos instruções. Emitem ordens sem fornecer informações. Quando tropeçamos e caímos, olham de relance para nós; se nos cortamos ou nos machucamos, perguntam se estamos malucas. Quando nos resfriamos, balançam a cabeça, censurando nossa falta de consideração. Como é que esperam que as coisas sejam feitas nesta casa, perguntam, se vocês estão todas doentes? Não sabemos o que responder. Nossa doença é tratada com desdém, purgante Black Draught fedorento e óleo de rícino que nos entorpece a mente.

Um dia, depois de uma caminhada para buscar carvão, quando tusso uma vez, alto, com os brônquios já contraídos por causa do catarro, minha mãe fecha a cara. "Meu Jesus. Vá para a cama. Quantas vezes tenho que dizer que você precisa usar alguma coisa na cabeça? Você deve ser a maior tonta da cidade. Frieda? Pegue uns trapos e tape aquela janela."

Frieda tapa a janela de novo. Arrasto os pés até a cama, cheia de culpa e autocomiseração. Deito-me com a roupa de baixo, o metal nas minhas ligas pretas me machuca as pernas, mas não tiro as meias, porque está frio demais para deitar sem elas. Meu corpo leva muito tempo para aquecer seu lugar na cama. Depois de gerar uma silhueta de calor, não me atrevo a me mexer, pois em cada direção há um lugar frio a pouco mais de um centímetro. Ninguém fala comigo nem me pergunta como me sinto. Dali a uma hora ou duas, vem a minha mãe. As mãos dela são grandes e ásperas, e quando esfrega o Vicks no meu peito, fico rígida de dor. Ela pega dois dedos de pomada por vez e me massageia o peito até que eu quase desmaie. Bem na hora que acho que vou soltar um grito, ela tira um pouco da pomada com o indicador e o enfia na minha boca, mandando-me engolir. Uma flanela quente é enrolada em torno do meu pescoço e do peito. Sou coberta com acolchoados pesados e recebo a ordem de suar, coisa que faço prontamente.

Mais tarde, vomito e minha mãe diz: "Por que foi que você vomitou na roupa de cama? Não podia ter tido o bom senso de esticar a cabeça para fora da cama? Olhe o que você fez. Acha que eu tenho tempo sobrando para lavar o seu vômito?".

O vômito escorre do travesseiro para o lençol — verde-acinzentado com manchas alaranjadas. Move-se como o interior de um ovo cru. Agarrando-se teimosamente à própria massa, recusando-se a romper e a ser removido. Fico pensando como é que pode ser tão bem-feito e nojento ao mesmo tempo.

A voz da minha mãe continua com a lenga-lenga. Ela não está falando comigo. Está falando com o vômito, mas chama-o pelo meu nome: Claudia. Limpa da melhor maneira que pode e põe uma toalha áspera em cima da grande mancha úmida. Torno a me deitar. Os trapos caíram da rachadura na janela e o ar está frio. Não me atrevo a chamá-la de novo e reluto em deixar o calor da cama. A raiva da minha mãe me humilha, suas palavras me esquentam as bochechas, e estou chorando. Não sei que ela não está zangada comigo, e sim com minha doença. Acho que ela despreza minha fraqueza por deixar a doença "tomar conta". Um dia não vou mais ficar doente, vou me recusar a ficar doente. Mas no momento estou chorando. Sei que estou produzindo mais ranho, mas não consigo parar.

Minha irmã entra com os olhos cheios de pena. Canta para mim: "Quando o roxo escuro tomba sobre os muros sonolentos do jardim, alguém pensa em mim...". Cochilo, pensando em ameixas, muros e "alguém".

Mas foi realmente assim? Tão doloroso quanto me lembro? Só levemente. Ou melhor, foi uma dor produtiva e frutífera. Foi amor, denso e escuro como xarope Alaga, que se aliviou tapando aquela janela rachada. Por toda parte na casa eu sentia o cheiro dele — o gosto — doce, rançoso, com uma ponta de óleo de gaultéria no fundo. Ficou agarrado à minha língua e às vidraças geladas da janela. Cobriu meu peito, junto com a pomada, e, quando a flanela se desamarrou durante o sono, as curvas nítidas e cortantes do ar desenharam sua presença em minha garganta. E, de madrugada, quando minha tosse se tornou seca e forte, pés entraram de mansinho no quarto, mãos tornaram a amarrar a flanela, arrumaram o acolchoado e pousaram por um instante sobre minha testa. Assim, quando penso em outono, penso em alguém que tem mãos e que não quer que eu morra.

Também era outono quando o sr. Henry chegou. Nosso inquilino. O inquilino que alugou um quarto. As palavras saíam dos lábios, formavam um balão e pairavam acima da nossa cabeças — silenciosas, separadas e agradavelmente misteriosas. Minha mãe era toda alívio e satisfação ao falar sobre a vinda dele.

"Vocês o conhecem", disse às amigas. "Henry Washington. Está morando com a senhorita Della Jones, na rua 13. Mas ela está desmiolada demais, não dá mais. Por isso ele está procurando outro lugar."

"Ah, sim." As amigas não disfarçavam a curiosidade. "Eu estava imaginando quanto tempo mais ele ia ficar lá com ela. Dizem que ela está muito mal mesmo. Quase nunca o reconhece, também não reconhece mais ninguém."

"Bom, aquele negro maluco com quem ela casou não ajudou nada para melhorar a cabeça dela."

"Você soube o que ele contou para as pessoas quando largou a Della?"

"Hum-hum, o quê?"

"Bom, ele fugiu com aquela sirigaita da Peggy, de Elyria. Você conhece."

"Uma das garotas da Bessie Preguiçosa?"

"Isso mesmo. Bom, alguém perguntou para ele por que ele deixou uma mulher simpática, boa e devota como a Della por aquela vaca. Você sabe que a Della sempre foi muito cuidadosa com a casa. E ele respondeu que a verdadeira razão era que ele não aguentava mais a água de violetas que Della Jones usava. Disse que queria uma mulher que cheirasse como uma mulher, que a Della era limpa demais para ele."

"Cachorrão. Tem cabimento uma coisa dessas?"

"Nem diga. Onde já se viu um argumento desses?"

"Pois é. Cada homem por aí... Uns cachorros."

"Foi isso que causou o derrame dela?"

"Deve ter contribuído. Mas, sabe, nenhuma daquelas garotas era muito esperta. Lembra da Hattie, a que sorria o tempo todo? Nunca foi muito boa da cabeça. E a tia Julia delas ainda anda de um lado para o outro pela rua 16, falando sozinha."

"Ela não foi internada?"

"Que nada. O condado não aceitou. Disseram que ela não faz mal a ninguém."

"Pois a mim ela faz. Se você quiser levar o maior susto da sua vida, levante às cinco e meia da manhã, como eu, e veja aquela bruxa velha flutuando por aí com aquele gorro. Francamente!"

Elas dão risada.

Frieda e eu estamos lavando vidros Mason.* Não ouvimos as palavras delas, mas com adultos prestamos atenção é na voz.

"Bom, espero que não me deixem à solta desse jeito quando eu estiver senil. É uma vergonha."

"O que é que vão fazer com a Della? Ela não tem parentes?"

"Tem uma irmã que está vindo da Carolina do Norte para cuidar dela. Deve estar de olho na casa da Della."

"Ah, o que é isso, maldade sua!"

"Quanto você quer apostar? Henry Washington disse que faz quinze anos que essa irmã não vê a Della."

"Eu meio que achava que o Henry fosse casar com ela um dia desses."

"Com aquela velha?"

"Ora, o Henry não é nenhum franguinho."

"Não, mas também não é nenhum galo velho."

"Ele já foi casado com alguém?"

"Não."

"E por quê? Alguém cortou o dele fora?"

"Ele é só muito enjoado."

"Ele não é enjoado. Você vê alguém por aqui com quem você se casaria?"

"Bom... não."

"Ele é apenas sensato. Um trabalhador ajuizado, que não fala muito. Espero que dê tudo certo."

"Vai dar. Quanto é que você vai cobrar?"

---

* Vidro com tampa de metal, que veda completamente, usado para conservas, geleias etc. (N. T.)

"Cinco dólares a cada duas semanas."
"Vai ser uma boa ajuda para você."
"Nem diga."

A conversa delas é como uma dança gentilmente travessa: som se encontra com som, faz uma mesura, sacode-se e recua. Entra outro som, mas um outro lhe toma o lugar: os dois volteiam um em torno do outro e param. Às vezes as palavras delas se movem em grandes espirais; outras vezes dão saltos estridentes, e é tudo pontilhado de risos calorosos e pulsantes — como o pulsar de um coração feito de gelatina. O gume, a curva, a intensidade das emoções delas são sempre claros para Frieda e para mim. Não sabemos nem podemos saber o significado de todas as palavras, pois temos nove e dez anos. Assim, observamos o rosto delas, as mãos, os pés, e procuramos verdade no timbre de voz.

Quando o sr. Henry chegou, no sábado à noite, nós o cheiramos. Ele tinha um cheiro maravilhoso. Como o de árvores, de creme evanescente de limão, óleo para o cabelo Nu Nile e pastilhas para o hálito Sen-Sen.

Sorria muito, mostrando dentes pequenos e uniformes, com uma lacuna simpática no meio. Frieda e eu não fomos apresentadas a ele — meramente mostradas. Como em aqui é o banheiro; o guarda-roupa é aqui; e estas são as minhas filhas, Frieda e Claudia; cuidado com essa janela; ela não abre completamente.

Olhamos de lado para ele, sem dizer nada e sem esperar que ele dissesse alguma coisa. Só que desse algum sinal de que tinha nos visto, como fez diante do guarda-roupa, tomando conhecimento da nossa existência. Para nossa surpresa, ele falou conosco.

"Olá. Você deve ser a Greta Garbo e você, a Ginger Rogers." Demos risadinhas. Até meu pai se surpreendeu e sorriu.

"Querem um centavo?" Estendeu uma moeda brilhante para nós. Frieda abaixou a cabeça, contente demais para responder. Estendi a mão para pegá-la. Ele estalou o polegar e o indicador, e a moeda desapareceu. Nosso espanto veio misturado com prazer. Procuramos em todo lugar, enfiando os dedos nas meias dele, olhando no bolso de dentro do casaco. Se felicidade é expectativa acompanhada de certeza, estávamos felizes. E, enquanto esperávamos que a moeda reaparecesse, sabíamos que mamãe e papai estavam se divertindo conosco. Papai sorria e os olhos de mamãe acompanhavam com ternura nossas mãos percorrendo o corpo do sr. Henry.

Nós o adoramos. Mesmo depois do que aconteceu mais tarde, não houve amargura nas nossas recordações dele.

Ela dormia na cama conosco. Frieda na beirada, porque é corajosa — nunca lhe ocorre que, se a mão dela ficar pendurada na beirada da cama, "alguma coisa" vai sair rastejando lá debaixo e arrancar os dedos dela com uma mordida. Durmo junto da parede porque esse pensamento *me ocorreu*. Portanto, Pecola teve que dormir no meio.

Mamãe tinha dito, dois dias antes, que estava chegando um "caso" — uma menina que não tinha para onde ir. O condado a havia colocado em nossa casa por alguns dias, até decidir o que fazer com ela ou, mais precisamente, até que a família se reconciliasse. Devíamos ser simpáticas com ela e não brigar. Mamãe não sabia "o que dá nas pessoas", mas o Breedlove, aquele cachorrão, tinha incendiado a própria casa, dado uma surra na mulher e o resultado foi que ficou todo mundo na rua.

Sabíamos que ficar na rua era o verdadeiro terror da vida.

A ameaça de ficar na rua surgia com frequência naquela época. Com ela, cerceava-se toda possibilidade de excesso. Se alguém comia demais, podia acabar na rua. Se alguém usava carvão demais, podia acabar na rua. As pessoas podiam ficar na rua por causa de jogo ou de bebida. Às vezes uma mãe punha o filho na rua e, quando isso acontecia, era para o filho que se dirigia toda a solidariedade, independentemente do que tivesse feito. Ele estava na rua, e por obra de sua própria família. Ser posto na rua pelo proprietário da casa era uma coisa — uma infelicidade, mas um aspecto da vida sobre o qual não se tinha controle, visto que não se podia controlar a própria renda. Mas ser descuidado o suficiente para ser posto na rua, ou ser cruel a ponto de pôr um parente na rua — isso era um crime.

Há uma diferença entre ser posto para fora e ser posto na rua. Se a pessoa é posta para fora, vai para outro lugar; se fica na rua, não tem para onde ir. A distinção é sutil, mas definitiva. Estar na rua era o fim de alguma coisa, um fato físico, irrevogável, definindo e complementando nossa condição metafísica. Sendo uma minoria, tanto em casta quanto em classe, nos movíamos nas bainhas da vida, lutando para consolidar nossa fraqueza e nos aguentar, ou para rastejar, cada um por si, até as dobras maiores do vestuário. Nossa existência periférica, porém, era coisa com que tínhamos aprendido a lidar — provavelmente porque era abstrata. Mas estar na rua era outra história, era fato concreto, como a diferença entre o conceito de morte e estar realmente morto. Um morto não muda, e estar na rua é estar para ficar.

Saber que estar na rua era coisa que existia criava em nós uma fome por propriedade, por posse. A posse firme de um quintal, um alpendre, uma parreira. Os negros que tinham propriedade dedicavam toda a energia, todo o amor, aos seus ninhos. Como pássaros frenéticos e desesperados, decoravam tudo com exagero; mexiam e remexiam nas casas conseguidas a duras penas; enlatavam, faziam geleias e conservas o verão inteiro para encher armários e prateleiras; pintavam e enfeitavam cada canto da casa. E essas casas erguiam-se como girassóis de estufa entre as fileiras de ervas daninhas que eram as casas alugadas. Os negros que alugavam lançavam olhares furtivos para aqueles quintais e alpendres de casas próprias e assumiam com mais firmeza o compromisso de comprar "um lugarzinho bonito". Enquanto isso, economizavam e guardavam o que podiam nos casebres alugados, na expectativa do dia em que seriam proprietários.

Cholly Breedlove, então, um negro que pagava aluguel, ao pôr a família na rua, havia se catapultado para além do alcance da consideração humana. Agora estava junto dos animais; era, realmente, um cachorro velho, uma cobra, um rato de um negro. A sra. Breedlove estava alojada com a mulher para quem trabalhava; o menino, Sammy, estava com uma outra família; e Pecola ficaria conosco. Cholly estava na cadeia.

Ela veio sem nada. Não trouxe nenhum saquinho de papel com outro vestido, ou uma camisola, ou duas calcinhas brancas encardidas de algodão. Simplesmente apareceu com uma mulher branca e sentou.

Nos poucos dias que Pecola passou conosco, nós nos divertimos. Frieda e eu paramos de brigar uma com a outra e nos concentramos na hóspede, fazendo força para que não se sentisse na rua.

Quando descobrimos que ela claramente não queria nos dominar, gostamos dela. Ria quando eu fazia palhaçadas para ela, sorria e aceitava com cortesia quando minha irmã lhe oferecia algo de comer.

"Quer umas bolachas?"

"Tanto faz."

Frieda lhe trouxe quatro bolachas num pires e leite numa xícara branca e azul com a Shirley Temple. Ela demorou um longo tempo para tomar o leite, olhando ternamente para a silhueta do rosto com covinhas de Shirley Temple. Frieda e ela conversaram, enternecidas, sobre como a Shirley Temple era lindinha. Eu não podia participar dessa adoração porque odiava a Shirley. Não porque era lindinha, mas porque dançava com Bojangles,* que era *meu* amigo, *meu* tio, *meu* pai e deveria dançar e rir era comigo. Em vez disso, ele desfrutava, compartilhava, concedia uma encantadora dança a uma daquelas garotinhas brancas cujas meias nunca escorregavam para dentro dos sapatos. Por isso, eu disse: "Eu gosto da Jane Withers".

Elas me deram uma olhada intrigada, concluíram que eu era incompreensível e continuaram trocando reminiscências sobre a vesga da Shirley.

Mais nova do que Frieda e Pecola, eu ainda não havia chegado ao ponto decisivo no desenvolvimento de minha psique que me permitiria gostar dela. O que eu sentia naquela época era ódio puro. Mas antes eu tinha tido um sentimento mais estranho e assustador do que o ódio por todas as Shirley Temples do mundo.

Começou no Natal, com as bonecas ganhas de presente. O presente grande, especial, dado com muito carinho, era sempre uma Baby Doll grande, de olhos azuis. Pela tagarelice dos adultos, eu sabia que a boneca representava o que eles pensavam que fosse o meu maior desejo. Fiquei pasmada com a coisa e com a aparência que tinha. Eu devia fazer o que com aquilo? Fingir que era a mãe? Eu não tinha interesse por bebês nem pelo conceito de maternidade. Estava interessada somente em seres humanos da minha idade e tamanho, e não conseguia sentir entusiasmo algum ante a perspectiva de ser mãe. Maternidade era velhice e

---

* Bill "Bojangles" Robinson (1878-1949), dançarino americano de sapateado. (N. T.)

outras possibilidades remotas. Mas aprendi depressa o que esperavam que eu fizesse com a boneca: embalá-la, inventar historinhas em torno dela, até dormir com ela. Os livros de figuras estavam cheios de garotinhas dormindo com suas bonecas. Geralmente bonecas de pano Raggedy Ann, mas essas estavam fora de questão. Eu ficava enojada e secretamente assustada com aqueles olhos redondos imbecis, a cara de panqueca e o cabelo de minhocas alaranjadas.

As outras bonecas, que supostamente me dariam grande prazer, tiveram êxito em fazer o oposto. Quando a levei para a cama, os seus membros duros resistiram ao meu corpo — as pontas dos dedos afiladas naquelas mãos com covinhas arranhavam. Se eu me virasse dormindo, a cabeça fria como um osso batia na minha. Era uma companheira de sono muito desconfortável e patentemente agressiva. Segurá-la não era mais gratificante. A gaze ou renda engomada do vestido de algodão tornava irritante qualquer abraço. Eu tinha uma única vontade: desmembrá-la. Ver do que era feita, descobrir o que havia de estimável, de desejável, de beleza que me havia escapado, e aparentemente só a mim. Adultos, meninas mais velhas, lojas, revistas, jornais, vitrines — o mundo todo concordava que uma boneca de olhos azuis, cabelo amarelo e pele rosada era o que toda menina mais almejava. "Olha", diziam, "ela é linda, e se você for 'boazinha' pode ganhar uma." Eu passava o dedo pelo rosto, pensando nas sobrancelhas desenhadas com um único traço; cutucava os dentes perolados, enfiados como duas teclas de piano entre lábios vermelhos em forma de arco. Contornava o nariz arrebitado, enfiava o dedo nos olhos de vidro azul, torcia o cabelo loiro. Não conseguia gostar dela. Mas podia examiná-la para ver o que era que todo mundo dizia que era adorável. Se eu quebrasse os dedos minúsculos, dobrasse os pés chatos, soltasse o cabelo, girasse a cabeça, a coisa fazia um som — um som que, diziam, era um meigo e choroso "Mamãe", mas que, para mim, soava como o balido de um cordeiro agonizando ou, mais precisamente, a porta da nossa geladeira abrindo com suas dobradiças enferrujadas em julho. Se eu lhe removesse o olho frio e estúpido, continuava balindo "Ahhhhhh"; se arrancasse a cabeça, sacudisse a serragem para fora, rachasse as costas contra a grade de metal da cama, ela continuava balindo. As costas de gaze rachavam e eu via o disco com seis furos, o segredo do som. Uma mera coisa redonda de metal.

    A gente grande franzia a testa e fazia estardalhaço: "Você--não-sabe-cuidar-de-nada.-Eu-nunca-tive-uma-boneca-dessas-na--vida-e-não-parava-de-chorar-por-uma.-Você-agora-ganhou-uma--que-é-linda-e-arrebenta-a-boneca.-O-que-é-que-há-com-você?".

    Como era forte a indignação deles. As lágrimas ameaçavam eliminar o distanciamento de sua autoridade. A emoção de anos de um anseio frustrado transparecia-lhes na voz. Eu não sabia por que destruía aquelas bonecas. Mas sabia que mais ninguém me perguntava o que eu queria ganhar no Natal. Se algum adulto com o poder para atender os meus desejos me tivesse levado a sério e perguntado o que eu queria, ficaria sabendo que eu não queria ter nada, possuir nenhum objeto. Queria era sentir alguma coisa no dia de Natal. A verdadeira pergunta seria: "Querida Claudia, que experiência você gostaria de ter no Natal?". E eu teria respondido: "Quero sentar no banquinho da cozinha da vovó, com o colo cheio de lilases, e ouvir o vovô tocar o violino dele só para mim". A pouca altura do banco feito para mim, a segurança e o calor da cozinha da vovó, o aroma dos lilases, o som da música e, como seria bom envolver todos os meus sentidos, o gosto de um pêssego, talvez, depois.

    Em lugar disso, eu sentia o gosto e o cheiro ácidos de pratos e xícaras de lata, destinados a reuniões na hora do chá que me entediavam. Em lugar disso, eu olhava com aversão para vestidos novos que, antes de serem usados, exigiam um banho odioso numa banheira de zinco galvanizado. Escorregar no zinco, sem tempo para brincar nem ficar ali deitada, pois a água esfriava muito depressa, sem tempo para ter prazer com a nudez, somente tempo para fazer cortinas de água com sabão escorrer por entre as pernas. Depois as toalhas ásperas e a desagradável e humilhante ausência de sujeira. A limpeza irritante, sem imaginação. Iam-se as marcas de tinta das pernas e do rosto, iam-se todas as minha criações e acúmulos do dia, substituídos por arrepios.

Eu destruía bonecas brancas.

Mas o desmembramento de bonecas não era o verdadeiro horror. O que realmente aterrorizava era a transferência dos mesmos impulsos para garotinhas brancas. A indiferença com que eu poderia trucidá-las era abalada apenas pela minha vontade de fazer isso. Para descobrir o que me escapava: o segredo da magia que elas exercem sobre os outros. O que é que fazia as pessoas olhar para elas e dizer "Aaaaaahhhhhh", mas não para mim? O olhar de mulheres negras ao se aproximarem delas na rua e a meiguice possessiva com que as tocavam quando lidavam com elas.

Se eu as beliscava, os seus olhos — ao contrário do brilho desvairado dos olhos da Baby Doll — contraíam-se de dor, e o grito delas não era o som da porta da geladeira, mas um fascinante grito de dor. Quando entendi como essa violência desinteressada era repugnante, que era repugnante porque era desinteressada, a minha vergonha debateu-se em busca de refúgio. O melhor esconderijo foi o amor. Assim, conversão do sadismo original em ódio fabricado, em amor fraudulento. Um pequeno passo até Shirley Temple. Muito mais tarde aprendi a adorá-la, exatamente como aprendi a me deliciar com limpeza, sabendo, mesmo enquanto aprendia, que mudar foi adaptar sem melhorar.

* * *

"Três garrafas de leite. Estavam na geladeira ontem. Três garrafas inteiras. Agora não tem nenhuma. Nem uma gota de leite. Eu não me importo que as pessoas peguem o que quiserem, mas três garrafas de leite! Para que é que *alguém* precisa de *três* garrafas de leite?"

As "pessoas" a que minha mãe se referia era Pecola. Nós três, Pecola, Frieda e eu, a ouvíamos lá embaixo, na cozinha, reclamando da quantidade de leite que Pecola tinha tomado. Sabíamos que ela gostava da xícara com a Shirley Temple e aproveitava toda oportunidade para tomar leite nela, só para segurar e ver o rosto meigo da Shirley. Minha mãe sabia que Frieda e eu odiávamos leite e imaginou que Pecola tomasse tanto por gula. Certamente não cabia a nós "contradizê-la". Não iniciávamos conversa com os adultos; respondíamos às perguntas deles.

Envergonhadas com os insultos lançados à nossa amiga, ficamos sentadas ali: eu cutucando sujeira nos dedos dos pés, Frieda limpando as unhas com os dentes e Pecola passando o dedo sobre umas cicatrizes no joelho, com a cabeça inclinada para um lado. Os monólogos da minha mãe reclamando sempre nos irritavam e deprimiam. Eram intermináveis, ofensivos e, embora indiretos (mamãe nunca citava nomes — falava apenas em *alguém* e *certas pessoas*), extremamente dolorosos no ataque. Ela falava durante horas, ligando uma afronta com outra até pôr para fora todas as coisas que lhe causavam desgosto. Aí, depois de se zangar com tudo e com todos, punha-se a cantar e cantava pelo resto do dia. Mas levava muito tempo para a cantoria começar. Enquanto não vinha, nós, com o estômago gelado e o pescoço ardendo, ouvíamos, evitávamos os olhos uma da outra e cutucávamos sujeira nos dedos dos pés ou coisa assim.

"... não sei o que acham que isto aqui é. Devem pensar que

é uma casa de caridade. Pois está na hora de eu parar de *dar* e começar a *receber*. Parece que acham que *eu* não preciso ter nada, que tenho mesmo é que acabar num asilo de indigentes. Parece que não vou *mesmo* escapar de lá, por mais que eu faça. As pessoas simplesmente ficam o tempo todo pensando num jeito de me mandar para um asilo. Eu precisava mesmo de outra boca para alimentar! Como se eu já não tivesse problemas suficientes para alimentar as minhas sem ir parar num asilo de indigentes. Agora tenho outra aqui, que vai *beber* até me mandar para lá. Pois não vai, não. Não enquanto eu tiver força no corpo e uma língua para falar. Tem limite para tudo. Eu não tenho nada para simplesmente jogar fora. *Ninguém* precisa de *três* garrafas de leite. Henry *Ford* não precisa de três garrafas de leite. É simplesmente *um pecado*. Estou disposta a fazer tudo o que posso pelas pessoas. Ninguém pode negar isso. Mas isso tem que acabar e sou eu quem vai acabar com isso. A Bíblia manda rezar, mas manda a gente ficar atenta *também*. As pessoas simplesmente largam os filhos com a gente e vão cuidar da vida. Ninguém nunca veio dar sequer uma *olhada* aqui para ver se essa criança tem um pão para comer. Vieram ver se eu *tinha* um pão para dar para ela? Que nada. Isso nem passou pela cabeça de ninguém. Faz *dois* dias inteiros que aquele irresponsável do Cholly saiu da cadeia e *ainda* não apareceu aqui para ver se a filha dele está viva ou morta. Poderia muito bem estar *morta*. E aquela *mãe* também não aparece. Que gente é essa?"

Quando mamãe chegava a Henry Ford e a todas aquelas pessoas que não queriam saber se ela tinha um pão, era hora de ir embora. Não queríamos ouvir o trecho sobre Roosevelt e os acampamentos do CCC.*

---

* Acampamentos do Civilian Conservation Corps, ou Corpo de Conservação Civil, onde rapazes trabalhavam em regime de disciplina militar. O Corpo foi

Frieda se levantou e começou a descer a escada. Pecola e eu fomos atrás, fazendo um arco amplo para evitar a porta da cozinha. Sentamos nos degraus da varanda, onde as palavras da minha mãe só nos chegavam aos trancos.

Era um sábado tristonho. A casa cheirava a naftalina e ao odor forte das folhas de mostarda que estavam cozinhando. Os sábados eram dias tristonhos, de reclamações e sabonete. Só perdiam em tormento para os domingos apertados, engomados, com gosto de pastilha para a garganta, cheios de nãos e de "senta, e senta direito".

Se minha mãe estava disposta a cantar, não era tão mau. Ela cantava sobre tempos difíceis, tempos ruins e sobre tempos em que alguém se-foi-e-me-deixou. Mas a voz dela era tão suave e os olhos tão enternecidos quando cantava, que eu me pegava ansiando por aqueles tempos difíceis, querendo ser grande "sem um tostão de meu". Eu ansiava pela época deliciosa em que "o meu homem" me abandonaria, em que eu odiaria "ver aquele sol do entardecer se pôr...", porque aí eu saberia que "meu homem foi embora da cidade". O sofrimento, matizado pelos verdes e azuis na voz da minha mãe, eliminava todo o pesar das palavras e me deixava com a convicção de que a dor era não só suportável como doce também.

Mas, sem canções, aqueles sábados pesavam sobre minha cabeça como um balde de carvão, e com a mamãe reclamando, como agora, era como se alguém estivesse me atirando pedras na cabeça.

"... e eu, pobre como já sou. O que é que estão pensando

---

criado como parte do New Deal, o programa de medidas tomadas entre 1933 e 1938 pelo presidente Franklin D. Roosevelt para contrabalançar os efeitos da Grande Depressão. (N. T.)

que eu sou? Algum Papai Noel? Pois que tratem de despendurar a meia, porque *não é Natal...*"

Ficamos impacientes.

"Vamos fazer alguma coisa", disse Frieda.

"O que é que você quer fazer?", perguntei.

"Não sei. Nada." Frieda olhava fixo para o topo das árvores. Pecola olhava para os próprios pés.

"Quer subir até o quarto do senhor Henry e olhar as revistas de mulheres?"

Frieda fez uma careta. Ela não gostava de ver fotos obscenas. "Bom", continuei, "a gente podia ler a Bíblia dele. É bonita." Frieda fez cara de tédio. "Está bem. A gente podia ir enfiar linha na agulha para a mulher que é meio cega. Ela dá um centavo para a gente."

Frieda bufou. "Os olhos dela parecem meleca. Não estou com vontade de olhar para aquilo. O que é que *você* quer fazer, Pecola?"

"Tanto faz. Qualquer coisa que vocês quiserem."

Tive outra ideia. "A gente podia ir até o beco e ver o que tem nas latas de lixo."

"Está frio demais", disse Frieda, entediada e irritável.

"Já sei. Podíamos fazer doce de leite."

"Está brincando? Com a mamãe lá, reclamando? Quando ela começa a reclamar para as paredes, você sabe que ela passa o dia inteiro nisso. Ela nem ia deixar a gente fazer."

"Bom, vamos até o hotel grego ouvir os palavrões deles."

"Ah, quem é que está com vontade de fazer *isso*? E depois, eles dizem sempre a mesma coisa."

Meu suprimento de ideias esgotou-se. Comecei a me concentrar nas manchas brancas das minhas unhas. O total representava o número de namorados que eu teria. Sete.

O monólogo de mamãe insinuou-se no silêncio. "... a Bíblia manda a gente dar comida a quem tem fome. Ótimo. Tudo bem. Mas não vou alimentar um elefante... Quem precisar de três garrafas de leite para *viver* tem que ir embora daqui. Está no lugar errado. Afinal de contas, o que é isto aqui? Um laticínio?"

De repente Pecola se pôs de pé, com os olhos arregalados de terror, e soltou um som que pareceu um relincho.

"O que foi que deu em *você*?", perguntou Frieda, levantando-se também.

Olhamos as duas na direção para onde Pecola olhava. Escorria sangue pelas pernas dela. Havia umas gotas na escada. Levantei de um salto. "Ei, você se cortou? Olha. Sujou todo o vestido."

Na parte de trás do vestido havia uma mancha vermelho-amarronzada. Ela continuava relinchando, em pé, de pernas abertas.

"Ah, meu Deus!", disse Frieda. "Eu sei. Eu sei o que é isso."

"O que é?" Pecola pôs os dedos na boca.

"Isso é menstruação."

"O que é isso?"

"Você sabe."

"Eu vou morrer?"

"Nãããããão. Não vai morrer. Isso só quer dizer que você pode ter um bebê!"

"O quê?"

"Como é que *você* sabe?" Eu estava farta de Frieda saber tudo.

"A Mildred me contou, e a mamãe também."

"Não acredito."

"Não precisa acreditar, tonta. Olha. Espera aqui. Senta, Pecola. Aqui." Frieda era toda autoridade e entusiasmo. "E você", disse para mim, "vai buscar um pouco de água."

"Água?"

"Sim, burra. Água. E sem fazer barulho, para a mamãe não ouvir você."

Pecola tornou a sentar, com um pouco menos de medo nos olhos. Fui até a cozinha.

"O que é que você quer, menina?" Mamãe estava lavando cortinas na pia.

"Um pouco de água."

"Bem onde estou trabalhando, é claro. Bom, pegue um copo. Não vá pegar nenhum sujo. Use aquele vidro."

Peguei um vidro de conserva e enchi com água da torneira. Pareceu levar um tempão para encher.

"Ninguém nunca quer nada, até me verem trabalhando na pia. Aí todo mundo tem que tomar água..."

Quando o vidro estava cheio, fiz menção de sair.

"Aonde é que você vai?"

"Lá para fora."

"Beba essa água aqui!"

"Eu não vou quebrar nada."

"Você não sabe o que vai fazer."

"Sei, sim senhora. Me deixa levar lá para fora. Não vou derramar."

"Acho bom!"

Cheguei à varanda e fiquei lá parada, com o vidro de conserva cheio de água. Pecola estava chorando.

"Por que é que você está chorando? Está doendo?"

Ela fez que não.

"Então para de atirar ranho para todo lado."

Frieda abriu a porta dos fundos. Estava com alguma coisa enfiada na blusa. Olhou espantada para mim e apontou para o vidro. "Para que é isso?"

"Você me *mandou* buscar água."

"Não um vidro pequeno como esse. Um monte de água. Para esfregar a escada, tonta!"

"Como é que eu ia saber?"

"É. Pois é. Venha." Pegou o braço de Pecola e levantou-a. "Vamos lá para trás." Seguiram para o lado da casa onde os arbustos eram densos.

"Ei, e eu? Também quero ir."

"Cala essa booooca!", cochichou Frieda. "A mamãe vai ouvir. Você lava a escada."

Elas contornaram a casa e desapareceram.

Eu ia perder alguma coisa. De novo. Ali estava alguma coisa importante e eu tinha que ficar para trás e não ver. Derramei a água nos degraus, esfreguei com o sapato e corri atrás delas.

Frieda estava de joelhos; perto dela, no chão, havia um retângulo branco de algodão. Ela estava puxando a calcinha de Pecola. "Vamos, tira." Conseguiu tirar a calcinha suja e atirou-a para mim. "Pega."

"E eu faço o que com isso?"

"Enterra, imbecil."

Frieda disse a Pecola que segurasse a coisa de algodão entre as pernas.

"Como é que ela vai andar assim?", perguntei.

Frieda não respondeu. Tirou dois alfinetes de gancho da barra da saia e começou a prender as pontas do guardanapo no vestido de Pecola.

Peguei a calcinha com dois dedos e olhei ao redor, procurando alguma coisa com que abrir um buraco. Um farfalhar nos arbustos me assustou. Virei-me e vi um par de olhos fascinados num rosto branco como massa de pão. Rosemary estava nos espiando. Estendi a mão depressa e consegui arranhar o nariz dela. Ela gritou e deu um pulo para trás.

"Senhora MacTeer! Senhora MacTeer!", berrou Rosemary.

"A Frieda e a Claudia estão aqui fazendo indecência! Senhora MacTeer!"

Mamãe abriu a janela e olhou para nós.

"O quê?"

"Elas estão fazendo indecência, senhora MacTeer. Olhe. E a Claudia me bateu porque eu vi!"

Mamãe bateu a janela e saiu correndo pela porta dos fundos.

"O que é que vocês estão fazendo? Ah. Hum-hum. Hum-hum. Fazendo indecência, é?" Ela estendeu a mão para os arbustos e arrancou uma vara. "Antes criar porco do que criar meninas indecentes. Porco pelo menos eu posso *matar*!"

Começamos a gritar. "Não, mamãe, não. A gente não estava! Ela é uma mentirosa! Não, mamãe, não!"

Mamãe agarrou Frieda pelo ombro, virou-a e deu-lhe três ou quatro varadas cortantes nas pernas. "Você quer ser indecente, é? Pois não vai ser, não!"

Frieda ficou arrasada. As surras a feriam e insultavam.

Mamãe olhou para Pecola. "Você também!", disse. "Filha minha ou não!" Agarrou Pecola e virou-a. O alfinete de segurança abriu numa ponta do guardanapo e mamãe o viu cair de sob o vestido. A vara pairou no ar enquanto mamãe piscava. "O que é que está acontecendo aqui?"

Frieda soluçava. Eu, a próxima da fila, comecei a explicar. "Ela estava sangrando. A gente estava só tentando parar o sangue!"

Mamãe olhou para Frieda para confirmar. Frieda fez que sim com a cabeça. "Ela está menustrando. A gente estava só ajudando."

Mamãe largou Pecola e ficou olhando para ela. Depois puxou as duas para perto, abraçando-as pela cabeça. Tinha arrependimento nos olhos. "Está bem, está bem. Parem de chorar.

Eu não sabia. Vamos. Vamos entrar. Vá para casa, Rosemary. O espetáculo terminou."

Entramos, uma atrás da outra, Frieda soluçando baixinho, Pecola arrastando uma cauda branca e eu segurando a calcinha da menina que virou mulher.

Mamãe nos levou para o banheiro. Empurrou Pecola para dentro e, pegando a calcinha da minha mão, disse que ficássemos do lado de fora.

Ouvimos água correndo na banheira.

"Você acha que ela vai afogar a Pecola?"

"Ah, Claudia, você é tão tonta. Ela só vai lavar a roupa dela."

"Vamos dar uma surra na Rosemary?"

"Não. Deixa a Rosemary em paz."

A água jorrava e por cima do jorro ouvíamos a música da risada da minha mãe.

Naquela noite, na cama, nós três ficamos deitadas imóveis. Estávamos cheias de admiração e respeito por Pecola. Deitar ao lado de uma pessoa de verdade, que estava "menustrando" de verdade, era meio sagrado. Ela agora era diferente de nós, era gente grande. Também ela sentia a distância, mas recusou-se a assumir ares de superioridade.

Depois de muito tempo, ela disse, bem baixinho: "É verdade que agora eu posso ter um bebê?".

"Claro", respondeu Frieda, sonolenta. "Claro que pode."

"Mas... como?" A voz dela soava abafada de assombro.

"Ah", disse Frieda, "alguém tem que amar você."

"Ah."

Houve uma longa pausa em que Pecola e eu pensamos nisso. Ia envolver, pensei, "o meu homem", que, antes de me abandonar, me amaria. Mas não havia bebês nas canções que a minha mãe cantava. Talvez fosse por isso que as mulheres ficavam tristes: os homens iam embora antes de elas conseguirem fazer um bebê.

Aí Pecola fez uma pergunta que nunca tinha me passado pela cabeça. "Como é que se faz isso? Quero dizer, como é que a gente faz alguém amar a gente?" Mas Frieda estava dormindo. E eu não sabia.

ESTAÉACASAÉVERDEEBRANCATEMUMAPORTAVERMELHAÉMUI-
TOBONITAÉMUITOBONITABONITABONITABONIT

Há uma loja abandonada na esquina sudeste da Broadway com a rua 53 em Lorain, Ohio. Ela não se confunde no fundo cor de chumbo do céu nem se harmoniza com as casas de estrutura cinzenta e os postes pretos de telefone ao seu redor. Pelo contrário, insinua-se no olho do passante de uma maneira ao mesmo tempo irritante e melancólica. Os visitantes que atravessam de carro a cidade minúscula perguntam-se por que não foi demolida, enquanto os pedestres, que moram na vizinhança, simplesmente desviam o olhar quando passam.

Houve época, quando a construção abrigava uma pizzaria, em que só se viam adolescentes indolentes agrupados na esquina. Reuniam-se ali para apalpar a virilha, fumar e planejar estripulias. Tragavam fundo a fumaça dos cigarros, para que à força ela lhes enchesse os pulmões, o coração, as coxas, e contivesse os frêmitos, a energia da sua juventude. Moviam-se lentamente, riam lentamente, mas batiam a cinza do cigarro com rapidez e frequência excessivas, expondo-se, a quem se interessasse, como novatos no hábito. Mas, bem antes de eles chegarem com seus berros e exibições, o prédio foi alugado a um padeiro húngaro, modestamente famoso por seus brioches e pãezinhos com sementes de papoula. Antes, havia lá uma imobiliária, e, antes disso ainda, uns ciganos usaram o lugar como base de operações. A família cigana deu à grande vitrine mais distinção e caráter do que nunca. As garotas da família revezavam-se para sentar entre os metros de veludo e os tapetes orientais que pendiam da vitrine. Olhavam para fora e de vez em quando sorriam, davam uma piscada ou chamavam com acenos — só de vez em quando. Na maior parte do tempo, olhavam, enquanto os vestidos trabalhados, de mangas e saias compridas, ocultavam a nudez que lhes aparecia nos olhos.

A população daquela área variava tanto que provavelmente ninguém se lembra de muito, muito tempo atrás, antes da época dos ciganos e dos adolescentes, quando os Breedlove moravam ali, aninhados na parte da frente da loja. Apodrecendo juntos no entulho conseguido da veneta de um corretor de imóveis. Eles entravam e saíam de mansinho daquela caixa de pintura cinza descascada, sem criar agitação no bairro, som na força de trabalho ou problemas no gabinete do prefeito. Cada membro da família em sua própria cela de consciência, cada um fazendo a sua colcha de retalhos da realidade — coletando fragmentos de experiência aqui, pedaços de informação ali. A partir das minúsculas impressões que compilavam uns dos outros, criaram uma sensação de fazer parte do lugar e tentaram se arranjar com o que viam um no outro.

A disposição dos cômodos era a mais despida de imaginação que um proprietário grego imigrante conseguira conceber. A grande área da "loja" era dividida em dois aposentos por tábuas de madeira compensada que não chegavam ao teto. Havia uma sala de estar, que a família chamava de sala da frente, e o quarto, onde todos de fato viviam. No aposento da frente havia dois sofás, um piano de armário e uma minúscula árvore de Natal artificial que estava ali, armada e coberta de poeira, fazia dois anos. O quarto tinha três camas: uma estreita, de ferro, para Sammy, de catorze anos, outra para Pecola, de onze, e uma de casal, para Cholly e a sra. Breedlove. No centro do quarto, para a distribuição uniforme de calor, erguia-se um fogareiro a carvão. Em torno das paredes estavam colocados baús, cadeiras, uma mesinha de canto e um "guarda-roupa" de papelão. A cozinha ficava no fundo do apartamento, um aposento separado. Não havia banheiro, somente um vaso sanitário, inacessível aos olhos, ainda que não aos ouvidos, dos inquilinos.

Não há mais o que dizer dos móveis. Tendo sido concebidos, fabricados, despachados e vendidos em vários estágios de desconsideração, cobiça e indiferença, nada havia neles a descrever. Envelheceram sem jamais terem se tornado familiares. As pessoas os possuíam, mas sem conhecê-los. Ninguém tinha perdido uma moeda ou um broche embaixo das almofadas de um sofá e lembrado do lugar e da época em que os perdeu ou achou. Ninguém tinha exclamado "Mas estava aqui comigo ainda agora! Eu estava sentado ali, conversando com...", ou "Achei! Deve ter escorregado enquanto eu dava comida para o bebê!". Ninguém tinha dado à luz numa das camas — nem se lembrava com carinho dos lugares onde a tinta estava descascada porque o bebê, quando aprendeu a se levantar, a tinha arrancado. Nenhuma criança econômica tinha guardado um pedaço de chiclete embaixo da mesa. Nenhum bêbado feliz — um amigo da família de pescoço gordo, solteiro, sabe, mas, meu Deus, como ele come! — sentara ao piano e tocara "You are my sunshine". Nenhuma garota olhara para a minúscula árvore de Natal lembrando de quando a havia decorado, ou perguntando-se se aquela bola azul iria parar no lugar, ou se ELE voltaria para ver a árvore.

Não havia recordações entre aqueles móveis. Certamente nenhuma recordação a ser acalentada. Ocasionalmente uma peça provocava uma reação física: um aumento de irritação ácida no intestino, uma leve transpiração na nuca, quando as circunstâncias que cercavam o móvel eram lembradas. O sofá, por exemplo. Fora comprado novo, mas chegara com um rasgão nas costas. A loja não assumiu a responsabilidade...

"Olha aqui, amigo. Estava em ordem quando eu pus no caminhão. A loja não pode fazer nada depois que a mercadoria está no caminhão..." Hálito de Listerine e de cigarros Lucky Strike.

"Mas eu não quero um sofá rasgado se foi comprado novo." Olhos súplices e testículos apertados.

"Azar seu, amigo, azar *seu*..."

Pode-se odiar um sofá, claro — isto é, se é possível alguém odiar um sofá. Mas não interessava. Ainda era preciso juntar 4,80 dólares por mês. Tendo que pagar 4,80 por mês por um sofá que já veio rasgado, em mau estado e que humilhava você, não dava para sentir alegria em tê-lo. E a ausência de alegria cheirava mal, permeava tudo nele. O mau cheiro impedia de pintar as paredes de madeira compensada, de comprar para a poltrona um pedaço de tecido que combinasse, e até de costurar o rasgão, que virou um talho, e depois uma fenda escancarada, expondo a estrutura barata e o estofamento mais barato ainda. O mau cheiro eliminava o descanso de um sono dormido nele. Impunha dissimulação ao amor feito sobre ele. Como um dente dolorido que não se contenta em latejar sozinho mas tem que difundir sua dor para outras partes do corpo, dificultando a respiração, limitando a visão, perturbando os nervos, um móvel odiado produz um mal-estar, uma irritabilidade que se impõe na casa inteira e limita o prazer das coisas desvinculadas dele.

A única coisa viva na casa dos Breedlove era o fogareiro a carvão, que tinha vida independente de tudo e de todos. Apagava ou acendia a critério próprio, embora a família o alimentasse e conhecesse todos os detalhes de manutenção: borrifar, não umedecer, não exagerar na quantidade... O fogo parecia acender, baixar ou morrer de acordo com seus próprios esquemas. De manhã, porém, sempre decidia apagar.

ESTAÉAFAMÍLIAAMÃEOPAIDICKEJANEMORAMNACASABRANCAE-
VERDEELESSÃOMUITOF

Os Breedlove não moravam na parte da frente de uma loja por estarem passando por dificuldades temporárias, adaptando-se aos cortes na fábrica. Moravam ali por serem pobres e negros, e ali permaneciam porque se achavam feios. Embora sua pobreza fosse tradicional e embrutecedora, não era exclusiva. Mas sua feiura era exclusiva. Ninguém teria conseguido convencê-los de que não eram implacável e agressivamente feios. Com exceção do pai, Cholly, cuja feiura (resultado de desespero, dissipação e violência dirigida a ninharias e a pessoas fracas) era o comportamento, o resto da família — a sra. Breedlove, Sammy Breedlove e Pecola Breedlove — usava a feiura, vestia-a, por assim dizer, embora ela não lhe pertencesse. Os olhos, pequenos e muito juntos, sob uma testa estreita. O contorno do couro cabeludo baixo, irregular, que parecia ainda mais irregular pelo contraste com as sobrancelhas retas e densas que quase se juntavam. Nariz afilado mas arqueado, com narinas insolentes. Tinham maçãs do rosto altas e orelhas de abano. Lábios bem-feitos que chamavam a atenção não para si, mas para o resto do rosto. A gente olhava para eles e ficava se perguntando por que eram tão feios; olhava com atenção e não conseguia encontrar a fonte. Depois percebia que ela vinha da convicção, da convicção deles. Era como se algum misterioso patrão onisciente tivesse dado a cada um deles uma capa de feiura para usar e eles a tivessem aceitado sem fazer perguntas. O patrão dissera: "Vocês são feios". Eles tinham olhado ao redor e não viram nada para contradizer a afirmação; na verdade, viram sua confirmação em cada cartaz de rua, cada filme, cada olhar. "Sim", disseram. "O senhor tem razão." E tomaram a feiura nas mãos, cobriram-se com ela como se fosse um manto e saíram pelo mundo. Cada um lidando com ela do seu jeito. A sra. Breedlove lidava com a sua da maneira como um ator lida com um recurso cênico: para a composição da personagem, para dar apoio ao papel que ela frequentemente imaginava fosse o seu — o de mártir. Sammy usava a dele como uma arma para causar dor aos outros. Adaptou seu comportamento a ela, escolhia os companheiros com base nela: pessoas que podiam ficar fascinadas, até intimidadas com ela. E Pecola. Pecola escondia-se por trás da sua. Oculta, velada, eclipsada — muito raramente espiando por trás do véu, e mesmo assim só para ansiar pelo retorno da máscara.

Essa família, numa manhã de sábado, em outubro, começou, um a um, a arrancar-se de seus sonhos de afluência e vingança para o sofrimento anônimo de sua habitação.

A sra. Breedlove se levantou sem ruído, vestiu um suéter por cima da camisola (que era um vestido velho) e foi para a cozinha.

O seu pé bom emitia sons duros, de osso; o pé torto sussurrava sobre o linóleo. Na cozinha ela fez barulho com portas, torneiras e panelas. Os ruídos eram abafados, mas as ameaças que sugeriam não eram. Pecola abriu os olhos e continuou deitada, fitando o fogareiro apagado. Cholly resmungou, remexeu-se um instante na cama e fez silêncio.

Mesmo de onde estava, Pecola sentia o cheiro do uísque de Cholly. Os ruídos na cozinha ficaram mais altos, menos abafados. Nos movimentos da sra. Breedlove havia uma direção e uma finalidade que não tinham nada a ver com o preparo do café da manhã. A consciência disso, apoiada em muitos exemplos do passado, fez Pecola contrair os músculos do estômago e conter a respiração.

Cholly chegara bêbado em casa. Infelizmente chegara bêbado demais para discutir, portanto a história toda teria que irromper nesta manhã. Como não ocorrera imediatamente, a briga que se aproximava não teria espontaneidade; seria calculada, sem inspiração, e tremenda.

A sra. Breedlove entrou rápido no quarto e parou aos pés da cama onde Cholly estava deitado.

"Preciso de carvão nesta casa."

Cholly não se mexeu.

"Está me ouvindo?" A sra. Breedlove deu um safanão num pé de Cholly.

Cholly abriu os olhos lentamente. Estavam vermelhos e ameaçadores. Cholly tinha os olhos mais cruéis da cidade.

"O quêêêê, mulher?"

"Eu disse que preciso de carvão. Está frio como uma teta de bruxa nesta casa. Você, com o rabo cheio de uísque, não sentiria o fogo do inferno, mas eu estou com frio. Tenho muita coisa para fazer, mas não vou congelar."

"Me deixa em paz."

"Só depois de você ir buscar carvão. Eu trabalho como uma mula e não tenho nem o direito de me aquecer? Então para que trabalhar? Você não traz nada para casa. Se ficasse por sua conta, estaríamos todos mortos..." A voz dela era como uma dor de ouvido no cérebro. "... Se está pensando que eu vou sair no frio para buscar carvão, trate de pensar de novo."

"Estou cagando para a maneira como você vai arrumar carvão!" Uma bolha de violência explodiu na garganta dele.

"Você vai ou não vai sair dessa cama e buscar o carvão, seu bêbado?"

Silêncio.

"Cholly!"

"Não me provoque, cara! Se você disser mais uma palavra, eu te arrebento!"

Silêncio.

"Tudo bem. *Tudo* bem. Mas, se eu der um espirro, só um, Deus que tenha piedade desse seu rabo!"

Sammy também tinha acordado agora, mas fingia dormir. Pecola continuava com os músculos do estômago contraídos e prendendo a respiração. Todos eles sabiam que a sra. Breedlove poderia ter ido buscar carvão no barracão, e que já tinha ido muitas vezes, ou que poderia ter mandado Sammy ou Pecola. Mas a briga que não ocorrera à noite pairava como a primeira nota de um lamento fúnebre no ar soturnamente expectante. Uma bebedeira, por mais rotineira que fosse, tinha seu cerimonial de encerramento. Os dias diminutos e idênticos que a sra. Breedlove vivia eram identificados, agrupados e classificados por essas brigas. Davam substância aos minutos e horas que sem elas seriam indistintos e esquecidos. Aliviavam o enfado da pobreza, conferiam dignidade aos cômodos mortos. Nessas rupturas violentas da rotina, que também eram rotina, ela podia exibir o estilo e a imaginação do que acreditava ser o seu verdadeiro eu.

Privá-la dessas brigas era privá-la de todo o entusiasmo e razoabilidade da vida. Cholly, com sua embriaguez e vileza habituais, fornecia a ambos o material de que necessitavam para tornar a vida tolerável. A sra. Breedlove se considerava uma mulher íntegra e cristã, cujo fardo era um homem inútil a quem Deus queria que ela punisse. (Cholly estava fora do alcance da salvação, claro, e salvação não era a questão — a sra. Breedlove não estava interessada no Cristo redentor, mas, sim, no Cristo juiz.) Frequentemente a ouviam conversando com Jesus sobre Cholly, implorando a Ele que a ajudasse a "derrubar o filho da puta do 'penácolo' do orgulho dele". E uma vez, quando um gesto de bêbado atirou Cholly contra o fogareiro em brasa, ela gritou: "Pega ele, Jesus! Pega ele!". Se Cholly tivesse parado de beber, ela jamais teria perdoado Jesus. Precisava desesperadamente dos pecados de Cholly. Quanto mais ele afundasse, quanto mais selvagem e irresponsável se tornasse, mais esplêndidas se tornavam ela e sua tarefa. Em nome de Jesus.

Não era menor a necessidade que Cholly tinha da mulher. Ela era uma das poucas coisas que lhe repugnavam que ele podia tocar e, portanto, machucar. Despejava sobre ela a soma de toda a sua fúria inarticulada e desejos frustrados. Odiando-a, podia deixar-se intacto. Quando ainda era bem jovem, fora surpreendido no meio de umas moitas por dois homens brancos, enquanto se empenhava, com inexperiência mas diligência, em obter prazer sexual de uma garotinha do interior. Os homens iluminaram o traseiro dele com uma lanterna. Ele parou, aterrorizado. Eles riram por entre os dentes. O facho de luz não se moveu. "Vamos", disseram. "Vai, acaba. E vê se faz direito, crioulo." A lanterna não se moveu. Por algum motivo, Cholly não sentiu ódio dos brancos; sentiu ódio, desprezo, pela garota. A recordação ainda que parcial desse episódio, junto com uma infinidade de outras humilhações, derrotas e emasculações, podia movê-lo a ímpetos de depravação que o surpreendiam — mas só a ele. Por algum motivo ele não conseguia causar pasmo; somente ficar pasmado. Então desistiu disso também.

    Cholly e a sra. Breedlove brigavam com um formalismo brutal e sombrio que só encontrava paralelo na maneira como faziam amor. Tinham concordado tacitamente que um não mataria o outro. Ele lutava com ela da maneira como um covarde luta com um homem — com pés, palmas das mãos, dentes. Ela, por sua vez, revidava de um modo puramente feminino — com frigideiras, atiçadores de fogo e, ocasionalmente, um ferro de passar que voava na direção da cabeça dele. Não falavam, gemiam nem xingavam durante essas pancadarias. Havia apenas o som abafado de coisas caindo e de carne contra carne que não era pega de surpresa.

    Na reação dos filhos a essas batalhas havia uma diferença. Sammy dizia uns palavrões, ou saía de casa, ou se atirava na briga. Aos catorze anos, diziam, já tinha fugido de casa nada menos do que 27 vezes. Uma vez chegou até Buffalo e lá ficou durante três meses. Seus retornos, fossem à força ou devidos às circunstâncias, eram taciturnos. Pecola, por outro lado, restrita pela pouca idade e pelo sexo, fazia experiências com métodos de resistência. Embora eles variassem, o sofrimento era tão sistemático quanto profundo. Ela se debatia entre um desejo esmagador de que um matasse o outro e uma vontade imensa de morrer. Agora sussurrava: "Não, senhora Breedlove. Não faça isso". Pecola, assim como Sammy e Cholly, sempre chamava a mãe de sra. Breedlove.

    "Não, senhora Breedlove. Não faça isso."

    Mas a sra. Breedlove fez.

    Pela graça, sem dúvida, de Deus, a sra. Breedlove espirrou. Só uma vez.

    Correu para o quarto com uma panela cheia de água fria e atirou no rosto de Cholly. Ele sentou na cama, engasgado e cuspindo. Nu e cinzento, deu um pulo da cama, agarrou a mulher pela cintura e os dois caíram no chão. Cholly ergueu-a e tornou a derrubá-la, com as costas da mão. Ela caiu sentada, as costas apoiadas na cama de Sammy. Não tinha largado a panela e começou a bater com ela nas coxas e na virilha de Cholly. Ele pôs o pé no peito dela e ela soltou a panela. Caindo de joelhos, ele bateu várias vezes no rosto dela, que talvez tivesse sucumbido logo, caso ele não tivesse dado com a mão contra a estrutura de metal da cama quando a mulher se agachou. A sra. Breedlove aproveitou essa suspensão momentânea dos golpes e se esgueirou para longe do alcance dele. Sammy, que tinha acompanhado em silêncio a briga ao lado de sua cama, de repente começou a bater na cabeça do pai com os dois punhos, berrando sem parar "Seu merda sem roupa!". A sra. Breedlove, que tinha agarrado a tampa redonda e chata do fogareiro, avançou de fininho para Cholly, que se levantava, e lhe deu duas pancadas, devolvendo-o à inconsciência da qual ela o arrancara com a sua provocação. Ofegante, ela jogou uma colcha por cima dele e o deixou no chão.

Sammy berrava: "Mata ele! Mata ele!".

A sra. Breedlove olhou para Sammy, surpresa. "Para com esse barulho, menino." Pôs a tampa do fogareiro de volta no lugar e tomou o rumo da cozinha. Na porta, fez uma pausa longa o suficiente para dizer ao filho: "Levanta daí. Eu preciso de carvão".

Respirando à vontade agora, Pecola cobriu a cabeça com o acolchoado. A náusea, que ela tentara impedir contraindo o estômago, veio rápido, apesar da sua precaução. Lá veio a vontade de vomitar, mas, como sempre, ela sabia que não vomitaria.

"Por favor, Deus", sussurrou na palma da mão, "por favor, me faça desaparecer." Fechou os olhos com força. Pequenas partes do seu corpo se apagaram. Ora lentamente, ora de chofre.

Lentamente de novo. Sumiram os dedos, um por um. Depois os braços, até os cotovelos. Os pés agora. Sim, era bom aquilo. As pernas, de uma vez só. Acima das coxas era mais difícil. Ela precisava ficar completamente imóvel e fazer força. O estômago não ia. Mas, por fim, também desapareceu. Depois o peito, o pescoço. O rosto também era difícil. Quase lá, quase. Só restavam os olhos, bem, bem apertados. Eram sempre os olhos que sobravam.

 Por mais que tentasse, nunca conseguia fazer os olhos desaparecerem. Que sentido havia naquilo então? Eles eram tudo. Estava tudo lá, neles. Todas aquelas imagens, todos aqueles rostos. Fazia muito tempo que ela tinha abandonado a ideia de fugir para ver imagens novas, rostos novos, como Sammy fizera tantas vezes. Ele nunca a levava e nunca pensava na fuga com antecedência, portanto nunca a planejava. E, de todo jeito, não teria dado certo. Enquanto ela tivesse a aparência que tinha, enquanto fosse feia, teria que ficar com aquelas pessoas. Por algum motivo ela lhes pertencia. Passava longas horas sentada diante do espelho, tentando descobrir o segredo da feiura, a feiura que a fazia ignorada ou desprezada na escola, tanto pelos professores quanto pelos colegas. Era a única pessoa da classe que sentava sozinha numa carteira dupla. A primeira letra do seu sobrenome sempre a obrigava a sentar na frente. Mas e Marie Appolonaire? Marie ficava na sua frente, mas dividia a carteira com Luke Angelino. Os professores sempre a tinham tratado daquele jeito. Tentavam não olhar para ela, e só a chamavam quando todos tinham que dar uma resposta. Ela também sabia que, quando uma das meninas da escola queria ofender de verdade um menino ou quando queria obter uma reação imediata dele, podia dizer "Bobby gosta da Pecola Breedlove! Bobby gosta da Pecola Breedlove!" e nunca deixava de provocar gargalhadas de quem ouvisse e raiva fingida do acusado.

 Tinha ocorrido a Pecola, havia algum tempo, que, se os

seus olhos, aqueles olhos que retinham as imagens e conheciam as cenas, fossem diferentes, ou seja, bonitos, ela seria diferente. Tinha bons dentes, e o nariz, pelo menos, não era grande e chato como o de algumas garotas que eram consideradas tão bonitinhas. Se tivesse outra aparência, se fosse bonita, talvez Cholly fosse diferente, e a sra. Breedlove também. Talvez eles dissessem: "Ora, vejam que olhos bonitos os da Pecola. Não devemos fazer coisas ruins na frente desses olhos bonitos".

Olhos bonitos. Olhos bonitos azuis. Olhos bonitos azuis grandes. Corre, Jip, corre. Jip corre, Alice corre. Alice tem olhos azuis. Jerry tem olhos azuis. Jerry corre. Alice corre. Eles correm com seus olhos azuis. Quatro olhos azuis. Quatro bonitos olhos azuis. Olhos azul do céu. Azuis como a blusa azul da sra. Forrest. Olhos azuis como ipomeias. Olhos-azuis-de-Jerry-e-Alice-do-livro-de-histórias.

Toda noite, sem falta, ela rezava para ter olhos azuis. Fazia um ano que rezava fervorosamente. Embora um tanto desanimada, não tinha perdido a esperança. Levaria muito, muito tempo para que uma coisa maravilhosa como aquela acontecesse.

Lançada dessa maneira na convicção de que só um milagre poderia socorrê-la, ela jamais conheceria a própria beleza. Veria apenas o que havia para ver: os olhos das outras pessoas.

Ela vai pela avenida Garden até um pequeno armazém que vende doces baratos. Está com três centavos dentro do sapato — deslizando para a frente e para trás entre a meia e o interior da sola. A cada passo sente a pressão dolorida das moedas contra o pé. Uma irritação suave, suportável, acalentada até, cheia de promessas e de uma delicada segurança. Há tempo de sobra para decidir o que comprar. Agora, porém, ela segue pela avenida, delicadamente fustigada por imagens familiares, portanto amadas. Os dentes-de-leão na base do poste de telefone. Por que, pensa ela, as pessoas os chamam de erva daninha? Ela os achava bonitos. Mas os adultos diziam: "A senhorita Dunion conserva muito bem o jardim dela. Não se vê um dente-de-leão ali". Imigrantes corpulentas de lenço preto amarrado sob o pescoço e cesta no braço saem pelos campos para arrancá-los. Mas não querem as flores amarelas, só as folhas denteadas. Fazem sopa de dente-de-leão. Vinho de dente-de-leão. Ninguém gosta da flor do dente-de-leão. Talvez porque elas sejam tantas, fortes e saiam cedo.

Havia a rachadura na calçada em forma de Y, e a outra, que erguia o concreto do piso de terra, onde seu andar largado a fazia tropeçar com frequência. Daria para patinar bem nesta calçada — era velha, lisa; as rodas deslizariam suaves, zunindo baixinho. As calçadas recém-pavimentadas eram cheias de saliências e desconfortáveis, e ali o som das rodas dos patins era áspero.

Essas e outras coisas inanimadas, ela via e sentia. Para ela, eram reais. Ela as conhecia. Eram os códigos e as pedras de toque do mundo, possíveis de ser traduzidas e possuídas. Ela era a dona da rachadura que a fazia tropeçar; era a dona das moitas de dentes-de-leão cujas flores brancas, no outono passado, ela havia soprado, cujas flores amarelas, neste outono, ela examinava por dentro. E ser a dona deles tornava-a parte do mundo, e o mundo parte dela.

Sobe os quatro degraus de madeira até a porta da Casa Yacobowski Legumes Frescos Carnes e Produtos Diversos. Um sino toca quando ela abre. Parando diante do balcão, olha para o sortimento de doces. Decide-se por Mary Janes. Três por um centavo. A doçura resistente que finalmente se abre para soltar manteiga de amendoim — o óleo e o sal que complementam a força doce do caramelo. Uma onda de antegozo perturba-lhe o estômago.

Tira o sapato e pega os três centavos. A cabeça grisalha do sr. Yacobowski assoma no balcão. Ele arranca os olhos dos próprios pensamentos para fitá-la. Olhos azuis. Turvos. Lentamente, como um veranico a mover-se imperceptivelmente na direção do outono, ele a olha. Em algum ponto entre a retina e o objeto, entre a visão e a vista, os olhos recuam, hesitam, pairam. Em algum ponto fixo no tempo e no espaço, ele sente que não precisa desperdiçar o esforço de um olhar. Não a vê, porque, para ele, não há nada a ver. Como é que um comerciante branco, imigrante, de 52 anos, com gosto de batatas e cerveja na boca, a mente adestrada na Virgem Maria de olhos meigos, a sensibilidade embotada por uma permanente consciência de perda, pode *ver* uma menina negra? Nada em sua vida nunca sequer sugeriu que a proeza fosse possível, que dirá desejável ou necessária.

"Sim?"

Ela ergue os olhos para ele e enxerga o vácuo onde deveria haver curiosidade. E algo mais. A total ausência de reconhecimento humano — a vitrificada separação. Não sabe o que mantém o olhar dele suspenso. Talvez o fato de ser adulto, ou homem, e ela uma menina. Mas ela já viu interesse, nojo, até raiva em olhos de homens adultos. Ainda assim, esse vácuo não é novidade para ela. Tem gume; em algum ponto na pálpebra inferior está a aversão. Ela a tem visto à espreita nos olhos de todos os brancos. Deve ser por ela a aversão, pela sua negritude. Tudo nela é fluidez e expectativa. Mas sua negritude é estática e medonha. E é a negritude que explica, que cria o vácuo afiado pela aversão em olhos de brancos.

Ela aponta para os Mary Janes — seu dedo, uma pequenina seta preta apertada contra a vitrine. A afirmação silenciosamente inofensiva da tentativa de uma criança negra de se comunicar com um adulto branco.

"Esses." A palavra é mais suspiro do que significado.

"Quais? Estes? Estes?" Catarro e impaciência misturam-se na voz dele.

Ela balança a cabeça, com a ponta do dedo fixa no lugar que, pelo menos de onde ela está vendo, identifica os Mary Janes. Ele não consegue ver o que ela vê — seu ângulo de visão, a inclinação do dedo dela não lhe permitem compreender. Sua manzorra vermelha e nodosa se remexe dentro da vitrine como a cabeça agitada de uma galinha indignada com a perda do próprio corpo.

"Pelo amor de Deus. Você não sabe falar?"

Os dedos dele roçam os Mary Janes.

Ela faz que sim com a cabeça.

"Bom, por que não disse logo? Um? Quantos?"

Pecola abre a mão, mostrando os três centavos. Ele empurra três Mary Janes na direção dela — três retângulos amarelos em cada embrulhinho. Ela lhe estende o dinheiro. Ele hesita, não querendo tocar sua mão. Não ocorre a ela tirar da vitrine o dedo da mão direita, nem algum jeito de remover as moedas da mão esquerda. Por fim, ele estende o braço e pega as moedas da mão dela. As unhas dele arranham-lhe a palma úmida.

Lá fora, Pecola sente a inexplicável onda de vergonha.

Dentes-de-leão. Um dardo de afeição dispara dela para eles. Mas eles não a olham nem enviam amor de volta. "Eles *são* feios", pensa ela. "*São* erva daninha." Absorta nessa revelação, tropeça na rachadura da calçada. A raiva desperta, move-se; abre a boca e, como um cachorrinho de boca quente, lambe os salpicos da sua vergonha.

Raiva é melhor. A raiva dá a sensação de existir. É uma realidade, uma presença. Uma consciência de valor. Uma ardência deliciosa. Seus pensamentos voltam para os olhos do sr. Yacobowski, para a voz catarrenta. A raiva não vai durar; o cachorrinho se sacia com muita facilidade. Mata a sede muito depressa, adormece. A vergonha transborda de novo, seus córregos lamacentos vazam-lhe para os olhos. O que fazer antes que as lágrimas cheguem? Ela se lembra dos Mary Janes.

Cada invólucro amarelo tem uma imagem. Uma imagem da pequena Mary Jane, cujo nome foi dado ao doce. Um rosto branco sorridente. Cabelo loiro em leve desalinho, olhos azuis fitando-a de um mundo de conforto limpo. Os olhos são petulantes, travessos. Para Pecola, são simplesmente bonitos. Ela come o doce e a doçura é boa. Comer o doce é, de certo modo, comer os olhos, comer Mary Jane. Amar Mary Jane. Ser Mary Jane.

Três centavos lhe compraram nove orgasmos adoráveis com Mary Jane. Adorável Mary Jane, cujo nome foi dado a um doce.

No apartamento acima da habitação dos Breedlove moravam três prostitutas. China, Polaca e a srta. Marie. Pecola gostava muito delas, visitava-as, fazia servicinhos de rua para elas. Elas, em troca, não a desprezavam.

Numa manhã de outubro, a manhã do triunfo da tampa do fogareiro, Pecola subiu ao apartamento delas.

Bateu e, antes mesmo de abrirem a porta, ouviu Polaca cantando, numa voz doce e dura, como morangos novos:

I got blues in my mealbarrel
Blues up on the shelf
I got blues in my mealbarrel
Blues up on the shelf
Blues in my bedroom
'Cause I'm sleepin' by myself

"Oi, bolinho. Cadê as suas meias?" Marie raramente chamava Pecola duas vezes da mesma coisa, mas os seus apelidos eram invariavelmente carinhosos, escolhidos dos cardápios e pratos que ela tinha sempre na cabeça.

"Olá, senhorita Marie. Olá, senhorita China. Olá, senhorita Polaca."

"Você ouviu. Cadê as suas meias? Você está com as pernas de fora como um cachorro."

"Não consegui achar nenhuma."

"Não conseguiu achar nenhuma? Deve haver alguma coisa na sua casa que adora meias."

China deu uma risadinha. Sempre que alguma coisa sumia, Marie atribuía o desaparecimento a "alguma coisa na casa que a adora". "Há alguma coisa nesta casa que adora sutiãs", dizia, alarmada.

Polaca e China estavam se arrumando para a noite. Polaca, sempre passando roupa, sempre cantando. China, sentada numa cadeira de cozinha verde-clara, sempre fazendo ondas no cabelo. Marie nunca ficava pronta.

As mulheres eram amáveis, mas demoravam para começar a falar. Pecola sempre tomava a iniciativa com Marie, que, depois de inspirada, era difícil de parar.

"Como é que a senhora tem tantos namorados, tantos brotos, senhorita Marie?"

"Namorados? Brotos? Linguicinha, eu não vejo um broto desde 1927."

"Você também não via nenhum naquela época." China enfiou os onduladores quentes numa lata de óleo para o cabelo Nu Nile. O óleo chiou ao toque do metal aquecido.

"Por quê, senhorita Marie?", insistiu Pecola.

"Por que o quê? Por que eu não vejo um garoto desde 1927? Porque nunca mais existiram garotos. Foi quando eles acabaram. As pessoas começaram a nascer adultas."

"Você quer dizer que foi quando *você* ficou velha", disse China.

"Eu nunca fiquei velha. Só gorda."

"É a mesma coisa."

"Você pensa que porque é magra as pessoas acham que você é jovem? Você faria uma caveira querer começar um regime."

"E você lembra o lado norte de uma mula virada para o sul."

"Só sei que essas suas perninhas tortas são tão velhas quanto as minhas."

"Não se preocupe com as minhas pernas tortas. É a primeira coisa que eles abrem."

As três riram. Marie atirou a cabeça para trás. Bem lá do fundo, seu riso vinha como o som de muitos rios, livres, profundos, barrentos, correndo para o espaço de um mar aberto. China dava risadinhas espasmódicas. Era como se uma mão invisível, puxando um barbante invisível, lhe arrancasse cada arquejo. Polaca, que raramente falava, a menos que estivesse bêbada, ria sem emitir nenhum som. Quando estava sóbria, cantarolava de boca fechada ou cantava *blues*, e ela conhecia uma porção deles.

Pecola passava o dedo pela franja de uma echarpe jogada sobre um sofá. "Nunca vi ninguém com tantos namorados quanto a senhora, senhorita Marie. Por que é que todos eles amam a senhora?"

Marie abriu uma garrafa de refrigerante. "E o que mais eles poderiam fazer? Eles sabem que eu sou rica e bonita. Querem enfiar os dedos dos pés no meu cabelo crespo e as mãos no meu dinheiro."

"A senhora é rica, senhorita Marie?"

"Pudim, eu tenho muito dinheiro."

"Onde é que a senhora arruma dinheiro? A senhora não trabalha."

"É", disse China, "onde é que você arruma?"

"O Hoover* me dá. Eu fiz um favor para ele um dia, para o F.B. e I."

---

* John Edgar Hoover, diretor do Federal Bureau of Investigation (FBI) de 1924 a 1972. (N. T.)

"O que foi que a senhora fez?"

"Um favor. Eles queriam pegar um bandido chamado Johnny, que era malvado como ninguém..."

"Nós *sabemos* disso." China ajeitou uma onda no cabelo.

"... o F. B. e I. estava desesperado atrás dele. Ele matou mais gente que a tuberculose. E se você o *contrariasse* então? Meu Jesus! Ele corria atrás de você enquanto houvesse chão. Bom, na época eu era pequena e bonitinha. Pesava no máximo 45 quilos, e encharcada."

"Você nunca esteve encharcada", disse China.

"E você nunca esteve seca. Cala a boca. Deixa te contar, docinho. Para dizer a verdade, só eu era capaz de lidar com ele. Ele ia, roubava um banco ou matava umas pessoas, e eu dizia para ele, bem meiga, 'Johnny, você não devia fazer isso'. E ele dizia que era só para me trazer coisas bonitas. Calcinhas de renda e tudo. E todo sábado a gente comprava uma caixa de cerveja e fritava peixe. A gente fritava numa massa de ovo com farinha e, quando ficava bem dourado e crocante, mas não duro, a gente abria a cerveja gelada..." Os olhos de Marie se enterneceram e ela calou, lembrando hipnotizada daquela refeição em algum momento, em algum lugar. Todas as suas histórias estavam sujeitas a interrupções quando chegavam às descrições de comida. Pecola viu os dentes de Marie cravando-se no dorso de uma perca crocante; viu os dedos gordos empurrando para dentro da boca pedacinhos de carne branca e quente que tinham escapado dos lábios; ouviu o *pop* da tampa das garrafas de cerveja; sentiu o cheiro ácido do primeiro jato de vapor; sentiu o gosto da cerveja gelada na língua. Terminou o devaneio muito antes de Marie.

"Mas e o dinheiro?", perguntou.

"Ela está se fazendo passar pela Dama de Vermelho que

delatou Dillinger",* exclamou China, fazendo pouco. "Dillinger nunca chegaria perto de você, a menos que tivesse ido caçar na África e atirasse em você pensando que fosse um hipopótamo."

"Pois este hipopótamo se divertia à grande lá em Chicago. Meu Jesus, noventa e nove!"

"Por que a senhora sempre diz 'meu Jesus' e um número?" Fazia tempo que Pecola queria saber.

"Porque a minha mãe me ensinou a nunca dizer palavrão."

"Ela ensinou você a não baixar a calcinha?", perguntou China.

"Eu não tinha", disse Marie. "Nunca tinha visto uma calcinha até fazer quinze anos, quando saí de Jackson e trabalhava de diarista em Cincinnati. A minha patroa branca me deu umas velhas, dela. Achei que eram algum tipo de gorro. Enfiava na cabeça quando tirava o pó. Ela quase caiu para trás quando me viu."

"Você devia ser uma completa idiota." China acendeu um cigarro e esfriou os ferros.

"Como é que eu ia saber?" Marie fez uma pausa. "E para que vestir uma coisa que você tem que tirar o tempo todo? Dewey nunca me deixou ficar com elas tempo suficiente para me acostumar."

"Que Dewey?" Esse era novo para Pecola.

"Que Dewey? Franguinho! Você nunca me ouviu contar do *Dewey*?" Marie ficou chocada com a própria negligência.

"Não, senhora."

"Ah, meu docinho, você perdeu metade da sua vida. Meu Jesus, um, nove, cinco! Um pedaço de homem! Eu o conheci

---

* John Dillinger (1902-34), "inimigo público número um", assaltante de bancos, acusado de dezesseis assassinatos. Preso e foragido, acabou morto a tiros por agentes do FBI em Chicago, depois de delatado por Anna Sage, "a Dama de Vermelho". (N. T.)

quando eu tinha catorze anos. Nós fugimos e vivemos juntos como marido e mulher durante três anos. Sabe todos esses bonitões que a gente vê andando por aí? Cinquenta deles não fariam um osso do tornozelo de Dewey Prince. Ah, meu Deus. Como aquele homem me amava!"

China ajeitou um caracol de cabelo em formato de franja.

"Por que é que ele deixava você vender o rabo então?"

"Menina, quando eu descobri que podia vender, que alguém pagaria dinheiro vivo por ele, nem consegui acreditar!"

Polaca começou a rir. Sem som. "Eu também não. Minha tia me deu uma surra e tanto na primeira vez, quando contei que não tinha recebido nem um tostão. Eu disse: 'Dinheiro? Pelo quê? Ele não me deve nada'. E ela: 'Não deve uma ova!'."

As três caíram na gargalhada.

Três gárgulas alegres. Três megeras alegres. Achando graça na ignorância de tempos atrás. Não pertenciam àquelas gerações de prostitutas criadas nos romances, de coração grande e generoso, empenhadas, devido ao horror das circunstâncias, em melhorar a vida árida e desditosa dos homens, recebendo humildemente um pagamento inesperado por sua "compreensão". Também não eram da espécie mocinha sensível, que o destino fizera dar um mau passo, forçada a cultivar uma fragilidade externa a fim de proteger sua juventude de novos choques, mas sabendo muito bem que era talhada para coisas melhores e que poderia fazer feliz o homem certo. Tampouco prostitutas desleixadas, inadequadas, que, incapazes de ganhar a vida só com o ofício, recorrem ao consumo e tráfico de drogas ou a proxenetas, para ajudar a completar seus esquemas de autodestruição, evitando o suicídio só para punir a memória de um pai ausente ou prolongar o sofrimento de uma mãe silenciosa. A não ser pelo lendário amor de Marie por Dewey Prince, elas odiavam os homens, todos os homens, sem vergonha, desculpas nem discriminação. Falavam mal de seus visitantes com um desprezo que, com a prática, se tornara mecânico. Negros, brancos, porto-riquenhos, mexicanos, judeus, poloneses, fossem o que fossem — eram todos inadequados e fracos, caíam todos sob os olhos ressentidos delas e eram o alvo de sua ira gratuita. Elas sentiam prazer em trapacear com eles. Numa ocasião que a cidade inteira conhecia bem, atraíram um judeu lá para cima, saltaram em cima dele, as três, seguraram-no pelos tornozelos, sacudiram-no até que tudo o que ele tinha nos bolsos da calça se espalhasse pelo chão e jogaram-no pela janela.

Também não sentiam respeito pelas mulheres que, embora não fossem, por assim dizer, colegas suas, enganavam o marido da mesma forma — regular ou irregularmente, não fazia diferença. Chamavam-nas de "prostitutas disfarçadas" e não tinham a menor vontade de estar no lugar delas. Só tinham respeito pelas que chamavam de "boas mulheres de cor cristãs". A mulher cuja reputação fosse imaculada, que cuidava da família, não bebia, não fumava nem tinha amantes. Mulheres assim gozavam do seu afeto imorredouro, ainda que dissimulado. Dormiam com o marido e aceitavam o dinheiro dele, mas sempre com uma vingança.

Elas também não eram protetoras e solícitas em relação à inocência juvenil. Encaravam a própria juventude como um período de ignorância e lamentavam não tê-la aproveitado mais. Não eram menininhas em trajes de prostituta nem prostitutas lamentando a perda da inocência. Eram prostitutas em trajes de prostituta, prostitutas que nunca tinham sido jovens e que não tinham palavra para inocência. Com Pecola, sentiam-se à vontade como umas com as outras. Marie inventava histórias para ela porque era criança, mas as histórias eram apimentadas e grosseiras. Se Pecola tivesse anunciado a intenção de levar a vida que elas levavam, não teriam tentado dissuadi-la nem externado nenhum alarme.

"A senhora e Dewey Prince tiveram filhos, senhorita Marie?"

"Tivemos, tivemos. Alguns." Marie ficou inquieta. Tirou um grampo do cabelo e começou a palitar os dentes com ele. Sinal de que não queria dizer mais nada.

Pecola foi até a janela e olhou para a rua vazia. Um tufo de mato tinha forçado caminho por uma rachadura na calçada, só para topar com um vento frio e úmido de outubro. Ela pensou em Dewey Prince e em como ele gostava da srta. Marie. Imaginou como seria o amor. Como é que os adultos agem quando se amam? Comem peixe juntos? Veio-lhe aos olhos a imagem de Cholly e da sra. Breedlove na cama. Ele fazendo ruídos como se sentisse dor, como se alguma coisa o segurasse pela garganta e não soltasse. Terríveis como eram, esses sons não eram tão maus quanto a ausência de som da mãe. Era como se ela nem estivesse lá. Talvez o amor fosse aquilo. Sons estrangulados e silêncio.

Pecola desviou os olhos da janela para as mulheres.

China tinha mudado de ideia quanto à franja e estava fazendo um penteado à Pompadour, baixo mas firme. Gostava de mudar o estilo do cabelo, mas todos a deixavam com um ar acabado e aflito. Em seguida pôs uma maquiagem pesada. Desenhou sobrancelhas que lhe dessem ar de surpresa e a boca em arco de Cupido. Mais tarde faria sobrancelhas orientais e uma boca em talho malévolo.

Polaca, na sua doce voz de morango, começou outra canção:

I know a boy who is sky-soft brown
I know a boy who is sky-soft brown
The dirt leaps for joy when his feet touch the ground
His strut is a peacock
His eye is burning brass
His smile is sorghum syrup dripping' slow-sweet to the last
I know a boy who is sky-soft brown

Marie estava sentada, descascando amendoins e atirando-os na boca. Pecola olhava e olhava para elas. Eram de verdade? Marie soltou um arroto, suave, ronronante, amoroso.

INVERNO

O rosto do meu pai é um estudo. O inverno muda-se para ali e ali preside. Os olhos se tornam um penhasco de neve ameaçando despencar numa avalanche; as sobrancelhas se arqueiam como os galhos negros de árvores sem folhas. A pele assume o amarelo pálido e melancólico do sol de inverno; em lugar de maxilar, ele tem as bordas de um campo recoberto de neve, salpicado de restolho; a testa alta é a curva congelada do Erie, ocultando correntes de pensamentos gélidos que redemoinham na escuridão. Matador de lobos transformado em caçador de falcões, ele trabalhou dia e noite para manter um longe da porta e o outro afastado do parapeito das janelas. Como Vulcano protegendo suas chamas, ele nos dá instruções sobre as portas que devem ficar fechadas ou abertas para uma distribuição correta do calor, guarda gravetos, discute qualidades do carvão e nos ensina a revolver, alimentar e abafar o fogo. E só vai parar de matracar na primavera.

 O inverno nos comprimiu a cabeça com uma faixa de frio e

nos derreteu os olhos. Pomos pimenta dentro das meias, vaselina no rosto, e olhamos em manhãs escuras e geladas para quatro ameixas em conserva, grumos escorregadios de mingau de aveia e chocolate quente com um telhado de nata.

Mas o que fazemos, principalmente, é esperar a primavera, quando pode haver jardins.

Na altura em que este inverno se havia apertado num nó odioso que nada conseguia afrouxar, alguma coisa o afrouxou, ou melhor, alguém. Alguém que estilhaçou o nó em fios prateados que nos amarraram, enredaram-se à nossa volta e nos fizeram ansiar pela monótona irritação do tédio anterior.

O transtorno das estações foi obra de uma menina nova na escola, chamada Maureen Peal. Uma criança de sonho, mulata claríssima, de cabelo castanho comprido, preso em duas tranças grossas que lhe pendiam às costas. Era rica, pelo menos para os nossos padrões, tão rica quanto as mais ricas das meninas brancas, envolta em conforto e cuidados. A qualidade de suas roupas ameaçava nos deixar desvairadas, a mim e a Frieda. Sapatos de verniz com fivelas, de que só ganhávamos uma versão mais barata na Páscoa e que se desintegrava no final de maio. Suéteres felpudos da cor de gotas de limão, enfiados para dentro de saias com pregas tão certinhas que nos deixavam perplexas. Meias três-quartos de cores vivas com bordas brancas, casaco de veludo marrom enfeitado com pele de coelho branca, e um regalo combinando. Havia uma insinuação de primavera em seus olhos verdes amendoados, algo de verão em sua tez e uma rica plenitude de outono no seu jeito de andar.

Ela encantou a escola inteira. Quando a chamavam, os professores sorriam, encorajando-a. Os meninos negros não lhe davam rasteiras nos corredores; os meninos brancos não jogavam pedras nela; as meninas brancas não faziam muxoxo quando ela era designada para o seu grupo de trabalho; as meninas negras moviam-se para o lado quando ela queria usar a pia do banheiro, e seus olhos faziam uma genuflexão sob as pálpebras em movimento. Ela nunca precisava procurar companhia para comer na cantina — todos afluíam para a mesa de sua escolha, onde ela abria almoços para quem tinha paladar exigente, envergonhando nosso pão besuntado de geleia com sanduíches de salada e ovo, cortados em quatro quadrados caprichosos, bolos com glacê rosado, talos de salsão e cenouras, maçãs escuras, soberbas. Ela até comprava leite puro, e gostava.

Frieda e eu ficamos pasmas, irritadas e fascinadas com ela. Fizemos muito esforço para encontrar defeitos que nos restaurassem o equilíbrio, mas, de início, tivemos que nos contentar com enfear o nome dela, mudando-o de Maureen Peal para Torta de Merengue.* Mais tarde tivemos uma pequena manifestação divina quando descobrimos que ela tinha um dente canino saltado — charmoso, é verdade, mas ainda assim um canino saltado. E, quando descobrimos que tinha nascido com seis dedos em cada mão e que havia um toquinho no lugar de onde os dedos extras tinham sido removidos, nós sorrimos. Eram triunfos pequenos, mas agarrávamos o que conseguíamos achar — rindo pelas costas dela e chamando-a de torta-de-merengue-com-dente-de-cachorro-e-seis-dedos. Mas tínhamos que fazer isso sozinhas, pois nenhuma das outras garotas cooperava com a nossa hostilidade. Elas a adoravam.

Quando lhe deram um armário ao lado do meu, pude nutrir minha inveja quatro vezes por dia. Minha irmã e eu desconfiávamos que, secretamente, estávamos ambas dispostas a ser suas amigas, se ela nos deixasse, mas eu sabia que seria uma amizade perigosa, pois, quando meus olhos seguiam os desenhos nas bordas brancas daquelas meias verdes três-quartos e eu sentia a

* Meringue Pie, em inglês. (N. T.)

frouxidão das minhas meias marrons, tinha vontade de chutá-la. E, quando pensava na altivez imerecida em seus olhos, tramava situações em que a porta do armário batia por acidente na mão dela.

Mas, como vizinhas de armário, viemos a nos conhecer um pouco e eu até conseguia manter uma conversa sensata com ela, sem imaginá-la caindo de um penhasco nem dar risadinhas pensando no que achava que seria um insulto inteligente.

Um dia, enquanto eu esperava Frieda junto do armário, ela veio ao meu encontro.

"Oi."

"Oi."

"Esperando a sua irmã?"

"Hum-hum."

"Que caminho você faz para voltar para casa?"

"Desço a rua 21 até a Broadway."

"Por que você não desce a rua 22?"

"Porque eu moro na rua 21."

"Ah. Acho que posso ir nessa direção. Pelo menos um trecho."

"Você que sabe."

Frieda chegou, com as meias marrons repuxadas nos joelhos porque ela as tinha enfiado embaixo dos dedos para esconder um furo no pé.

"Maureen vai andar um pedaço do caminho com a gente."

Frieda e eu nos entreolhamos — os olhos dela rogando que eu me controlasse, os meus não prometendo nada.

Era um falso dia de primavera, que, assim como Maureen, havia rompido a casca de um inverno embotador. Havia poças, lama e um calor convidativo que nos iludia. O tipo de dia em que púnhamos o casaco em cima da cabeça e deixávamos as galochas na escola, para no dia seguinte ficarmos doentes com crupe. Sempre reagíamos à menor mudança no tempo, às mais diminutas alterações na hora do dia. Bem antes de as sementes começarem a brotar, Frieda e eu já estávamos cutucando a terra, engolindo ar, bebendo chuva...

Ao sair da escola com Maureen, entramos imediatamente na muda. Pusemos o lenço de cabeça no bolso do casaco e o casaco em cima da cabeça. Eu estava pensando num jeito de fazer o regalo de pele de Maureen cair numa sarjeta, quando uma agitação no pátio nos chamou a atenção. Um grupo de meninos tinha rodeado e estava acuando uma vítima, Pecola Breedlove.

Bay Boy, Woodrow Cain, Buddy Wilson, Junie Bug — como um colar de pedras semipreciosas, eles a rodeavam. Inebriados pelo cheiro do próprio almíscar, excitados pelo poder fácil de uma maioria, atormentavam-na alegremente.

"Preta retinta. Preta retinta. Seu pai dorme pelado. Preta retinta, preta retinta, seu pai dorme pelado. Preta retinta..."

Eles haviam improvisado um verso composto de dois insultos sobre questões acerca das quais a vítima não exercia controle: a cor de sua pele e especulações sobre os hábitos de sono de um adulto, loucamente encaixados em sua incoerência. O fato de também eles serem negros e de seus respectivos pais terem hábitos igualmente descontraídos era irrelevante. Era o desprezo que sentiam pela própria negritude que fez irromper o primeiro insulto. Pareciam ter tomado toda a sua ignorância calmamente cultivada, o ódio por si mesmos primorosamente aprendido, sua desesperança elaboradamente concebida, e absorvido tudo isso num cone causticante de desprezo que ardera durante anos nos meandros de suas mentes, esfriara e agora jorrava por lábios afrontosos, consumindo tudo o que estivesse em seu caminho. Dançavam um balé macabro em torno da vítima, a quem estavam dispostos a sacrificar, pelo próprio bem deles, no fosso das chamas.

Preta retinta preta retinta seu pai dorme pelado
Stch ta ta stch tata
stach ta ta ta ta

Pecola contornava o círculo, chorando. Tinha deixado o caderno cair e cobria os olhos com as mãos.

Olhávamos, com medo de que eles nos notassem e dirigissem sua energia para nós. Aí, Frieda, com os lábios apertados e os olhos de mamãe, arrancou o casaco da cabeça e jogou-o no chão. Correu na direção deles e deu com os livros na cabeça de Woodrow Cain. O círculo se rompeu. Woodrow Cain segurou a cabeça.

"Ei, garota!"

"Para já com isso, está ouvindo?" Eu nunca tinha ouvido a voz de Frieda tão alta e clara.

Talvez porque Frieda fosse mais alta do que ele, talvez porque ele tivesse visto os olhos dela, talvez porque tivesse perdido interesse na brincadeira, ou talvez porque tivesse um fraco por Frieda, o fato é que Woodrow pareceu assustado por tempo suficiente para dar mais coragem a ela.

"Deixa ela em paz, ou eu conto para todo mundo o que você fez!"

Woodrow não respondeu; simplesmente endureceu o olhar.

Bay Boy esganiçou: "Vai embora, garota! Ninguém está mexendo com você!".

"Cala a boca, seu cabeça-oca!" Eu tinha encontrado a minha língua.

"Quem é que você está chamando de cabeça-oca?"

"Estou chamando você de cabeça-oca, seu cabeça-oca!"

Frieda pegou a mão de Pecola. "Vamos."

"Quer um beiço inchado?" Bay Boy ergueu o punho na minha direção.

"Quero. Me dá um dos seus."

"Você vai arrumar um."

Maureen surgiu ao meu lado e os meninos pareceram relutantes em continuar sob os olhos de primavera dela, tão arregalados de interesse. Ficaram confusos, não querendo surrar três meninas sob o olhar atento dela. Então, deram ouvidos a um instinto masculino desabrochando neles, que os mandou fingir que não éramos dignas de sua atenção.

"Vamos, cara."

"É, vamos. A gente não tem tempo para perder com elas."

Resmungando umas grosserias de desinteresse fingido, afastaram-se.

Peguei do chão o caderno de Pecola e o casaco de Frieda, e nós quatro saímos do pátio.

"Esse cabeça-oca está sempre implicando com as meninas."

Frieda concordou comigo. "A senhorita Forrester disse que ele é incorrigive."

"É mesmo?" Eu não sabia o que "incorrigive" queria dizer, mas soava como uma condenação e, portanto, devia se aplicar a Bay Boy.

Enquanto Frieda e eu tagarelávamos sobre a quase briga, Maureen, subitamente animada, passou o braço vestido de veludo pelo braço de Pecola e começou a se comportar como se as duas fossem as mais íntimas das amigas.

"Eu acabei de mudar para cá. Meu nome é Maureen Peal. E o seu?"

"Pecola."

"Pecola? Não era o nome da menina de *Imitação da vida?*"

"Não sei. O que é isso?"

"O filme, sabe. Em que a moça mulata odeia a mãe porque ela é preta e feia, mas depois chora no enterro. Foi bem triste. Todo mundo chora. A Claudette Colbert também."

"Ah." A voz de Pecola não era mais que um suspiro.

"Pois é, o nome dela também era Pecola. Ela era tão bonita. Quando passar de novo, vou ver mais uma vez. Minha mãe viu quatro vezes."

Frieda e eu caminhávamos atrás delas, surpresas com a atitude amistosa de Maureen com Pecola, mas contentes. No final das contas, talvez ela não fosse tão má assim. Frieda tinha posto o casaco em cima da cabeça de novo, e nós duas, assim cobertas, seguíamos a passo apertado, gozando a brisa quentinha e o heroísmo de Frieda.

"Você está na minha turma de ginástica, não está?", perguntou Maureen a Pecola.

"Estou."

"As pernas da senhorita Erkmeister são tortas mesmo. Aposto que ela acha que são bonitas. Como é que ela pode usar shorts de verdade e nós temos que usar aqueles calções com elástico? Tenho vontade de morrer toda vez que visto aquilo."

Pecola sorriu, mas não olhou para Maureen.

"Ei." Maureen estacou. "Ali tem uma Isaley's. Quer sorvete? Eu tenho dinheiro."

Abriu o zíper de um bolso escondido no regalo e puxou uma nota de um dólar bem dobradinha. Perdoei-lhe aquelas meias três-quartos.

"Meu tio processou a Isaley's", disse a nós três. "Processou a Isaley's em Akron. Disseram que ele era desordeiro e que por isso não iam servi-lo, mas um amigo dele, que é policial, foi lá e serviu de testemunha, e o processo foi em frente."

"O que é um processo?"

"É quando você pode levar a melhor sobre eles, se você tem vontade, e ninguém pode impedir. Minha família faz isso o tempo todo. Nós acreditamos em processos."

Na entrada da Isaley's, Maureen se virou para Frieda e para mim, perguntando: "Vocês também vão comprar sorvete?".

Olhamos uma para a outra. "Não", respondeu Frieda.

Maureen desapareceu dentro da loja com Pecola.

Frieda olhou placidamente para a rua; abri mas fechei logo a boca. Era extremamente importante que o mundo não soubesse que eu tinha plenamente esperado que Maureen fosse comprar sorvete para nós, que pelos últimos 120 segundos eu tinha escolhido o sabor, que tinha começado a gostar de Maureen e que nós duas não tínhamos um centavo.

Achamos que Maureen estivesse sendo simpática com Pecola por causa dos meninos e ficamos embaraçadas de ser pegas — mesmo uma pela outra — pensando que ela nos convidaria, ou que merecêssemos isso tanto quanto Pecola.

As garotas saíram. Pecola com duas bolas de laranja-abacaxi, Maureen com framboesa.

"Vocês deviam ter comprado", disse ela. "Eles tinham de todo tipo. Não coma a ponta da casquinha", aconselhou a Pecola.

"Por quê?"

"Porque tem uma mosca lá."

"Como é que você sabe?"

"Ah, não é que eu sei. Uma garota me contou que encontrou uma mosca no fundo da casquinha dela uma vez e depois disso ela sempre joga essa parte fora."

"Ah."

Passamos pelo teatro Dreamland e Betty Grable sorriu do cartaz para nós.

"Vocês não adoram a Betty Grable?", perguntou Maureen.

"Hum-hum", fez Pecola.

Discordei. "Hedy Lamarr é melhor."

Maureen concordou. "Aaaaah, é. Minha mãe me contou que uma garota chamada Audrey foi ao cabeleireiro onde nós morávamos antes e pediu à moça que penteasse o cabelo dela como o da Hedy Lamarr, e a moça disse 'Sim, quando você tiver cabelo como o da Hedy Lamarr'." Ela soltou uma risada longa e suave.

"Ela deve ser maluca", disse Frieda.

"Claro que é. Sabem que ela ainda nem menstrua e tem dezesseis anos? Vocês já menstruam?"

"Sim." Pecola deu uma olhada de relance para nós.

"Eu também." Maureen não fez esforço para disfarçar o orgulho. "Comecei faz dois meses. A minha amiga em Toledo, onde morávamos antes, disse que, quando ela começou, ficou morta de medo. Achou que tivesse se matado."

"Você sabe para que serve?" Pecola fez a pergunta como se esperasse responder ela mesma.

"Para os bebês." Maureen ergueu as duas sobrancelhas que eram dois riscos de lápis ante a obviedade da pergunta. "Os bebês precisam de sangue quando estão dentro de você e, se você está esperando um bebê, você não menstrua. Mas, se não está esperando um bebê, não precisa economizar o sangue e então ele sai."

"Como é que os bebês recebem o sangue?", perguntou Pecola.

"Por um tubo. Você sabe. Pelo umbigo. É aí que cresce um tubo que bombeia o sangue para o bebê."

"Bom, se o umbigo serve para fazer um tubo que leva sangue ao bebê e só meninas têm bebês, como é que os meninos também têm umbigo?"

Maureen hesitou. "Não sei", admitiu. "Mas os meninos têm um montão de coisas de que eles não precisam." O seu riso tilintante foi mais forte do que o nosso, nervoso. Ela enroscou a língua em torno da borda da casquinha, pegando um naco de púrpura que me fez lacrimejar. Estávamos esperando que o sinal de trânsito mudasse. Maureen não parava de lamber o sorvete na borda da casquinha; não mordia, como eu teria feito, contornava a casquinha com a língua. Pecola tinha terminado a dela; Maureen, evidentemente, gostava de que suas coisas durassem. Enquanto eu pensava no seu sorvete, ela devia estar pensando no último comentário que tinha feito, porque perguntou a Pecola: "Você já viu um homem pelado?".

Pecola piscou e desviou o olhar. "Não. Onde é que eu veria um homem pelado?"

"Não sei. Só perguntei."

"Eu nem olharia para ele, mesmo se o visse. Isso é indecente. Quem quer ver um homem pelado?" Pecola estava agitada. "Nenhum pai ficaria pelado na frente da própria filha. A menos que ele também fosse indecente."

"Eu não disse 'pai'. Só disse 'um homem pelado'."

"Bom..."

"Por que foi que você disse 'pai'?", quis saber Maureen.

"Quem mais ela veria, dentuda?" Fiquei contente de ter uma oportunidade de mostrar raiva. Não só por causa do sorvete, mas porque tínhamos visto nosso pai pelado e não queríamos ser lembradas disso e sentir a vergonha trazida pela ausência de vergonha. Ele estava andando pelo corredor, indo do banheiro para o quarto, e passou pela porta aberta do nosso quarto. Ficamos lá deitadas, de olhos arregalados. Ele parou e olhou para dentro, tentando ver no quarto escuro se estávamos realmente dormindo ou se tinha sido imaginação sua que olhos abertos o fitavam. Aparentemente, convenceu-se de que estávamos dormindo. Afastou-se, certo de que suas garotinhas não ficariam deitadas de olhos assim arregalados, olhando, olhando. Quando foi embora, o escuro levou somente a ele, não a sua nudez. Essa ficou no quarto conosco. Sem hostilidade.

"Não estou falando com você", disse Maureen. "Além disso,

não me importa se ela vê o pai dela pelado. Pode olhar para ele o dia inteiro se quiser. Quem está ligando?"

"Você", disse Frieda. "Você não fala de outra coisa."

"Mentira."

"Verdade. Meninos, bebês, e o pai de alguém pelado. Você deve ser doida por meninos."

"É melhor você calar a boca."

"Quem vai me fazer calar a boca?" Frieda pôs a mão no quadril e avançou o rosto na direção de Maureen.

"Você nasceu prontinha. Feita só pela mamãe."

"Para de falar da minha mãe."

"E você para de falar do meu pai."

"Quem foi que disse alguma coisa sobre o seu pai?"

"Você."

"Bom, você começou."

"Eu não estava nem falando com você. Estava falando com a Pecola."

"É. Falando de ver o pai dela pelado."

"E daí se ela tiver visto?"

Pecola gritou: "Eu nunca vi o meu pai pelado. Nunca".

"Viu, sim", disse Maureen, brusca. "Bay Boy disse."

"Não vi."

"Viu."

"Não vi."

"Viu. O seu próprio pai!"

Pecola encolheu a cabeça — um movimento gozado, triste, de desamparo. Uma espécie de arquear de ombros, de pescoço, como se quisesse cobrir as orelhas.

"Para de falar do pai dela", disse eu.

"O que me importa o preto do pai dela?", disse Maureen.

"Preto? Quem é que você está chamando de preto?"

"Você!"

"Você se acha tão bonita!" Fui para lhe dar um tapa e errei, atingindo Pecola no rosto. Furiosa com a minha falta de jeito, atirei meu caderno nela, mas o caderno a pegou nas costas aveludadas, pois ela tinha se virado e estava disparando para o outro lado da rua, no meio do tráfego.

A salvo do outro lado, ela berrou para nós: "Eu *sou* bonita! E vocês são feias! Pretas e feias, pretas retintas. Eu *sou* bonita!".

Correu rua abaixo, as meias três-quartos verdes fazendo suas pernas parecer hastes de dente-de-leão que por algum motivo tinham perdido a flor. O peso da observação dela nos deixou atordoadas, e Frieda e eu levamos um segundo ou dois para nos recompor e gritar: "Torta-de-merengue-com-seis-dedos-e-dente-de-cachorro!". Entoamos o mais poderoso do nosso arsenal de insultos enquanto conseguimos enxergar as hastes verdes e a pele de coelho.

Adultos franziam a testa para as três meninas paradas na guia da calçada, duas com o casaco em cima da cabeça, as golas emoldurando as sobrancelhas como hábitos de freiras, ligas pretas mostrando o lugar onde estavam presas as meias marrons que mal cobriam os joelhos, rostos zangados franzidos como couves-flores escuras.

Pecola se mantinha um pouco afastada de nós, de olhos fixos na direção para onde Maureen correra. Parecia dobrar-se sobre si mesma, como uma asa. O sofrimento dela me contrariou. Tive vontade de abri-la toda, afiar-lhe as garras, enfiar um pau naquela espinha arqueada e murcha, forçá-la a se pôr ereta e a cuspir o sofrimento na rua. Mas ela o retinha onde podia ser absorvido por seus olhos.

Frieda arrancou o casaco da cabeça. "Vamos, Claudia. Tchau, Pecola."

Primeiro andamos depressa, depois mais devagar, fazendo pausas de vez em quando para apertar as ligas, amarrar os cordões dos sapatos, coçar ou examinar cicatrizes antigas. Estávamos assimilando a sabedoria, exatidão e relevância das últimas palavras de Maureen. Se ela era bonita — e se havia uma coisa em que acreditar era que ela *era* —, então nós não éramos. E o que é que isso significava? Éramos inferiores. Mais simpáticas, mais inteligentes, mas, ainda assim, inferiores. Bonecas podíamos destruir, mas não podíamos destruir a voz açucarada de pais e tias, a obediência nos olhos dos nossos colegas, o brilho escorregadio nos olhos dos nossos professores quando encontravam as Maureen Peals do mundo. Qual era o segredo? O que é que nos faltava? Por que era importante? E daí? Ingênuas e sem vaidade, ainda estávamos enamoradas de nós mesmas na época. Sentíamo-nos bem na nossa pele, saboreávamos as notícias que nossos sentidos nos transmitiam, admirávamos nossa sujeira, cultivávamos nossas cicatrizes, e não conseguíamos compreender essa falta de valor. Inveja nós entendíamos e achávamos natural — a vontade de ter o que outra pessoa tinha; mas despeito era um sentimento estranho, novo para nós. E o tempo todo sabíamos que Maureen Peal não era o Inimigo e não merecia ódio tão intenso. A *Coisa* a temer era a *Coisa* que tornava bonita a *ela* e não a nós.

A casa estava em silêncio quando abrimos a porta. O cheiro acre de nabos cozinhando nos encheu a boca de saliva amarga.

"Mamãe!"

Não houve resposta, mas som de pés. O sr. Henry desceu parte da escada, com uma perna grossa e sem pelos aparecendo sob o roupão de banho.

"Olá, Greta Garbo, olá, Ginger Rogers."

Demos a risadinha com que ele estava acostumado. "Olá, senhor Henry. Onde está a mamãe?"

"Foi à casa da sua avó. Deixou recado para vocês cortarem os nabos e comerem umas bolachas até que ela volte. Estão na cozinha."

Sentamos caladas na cozinha, construindo formigueiros com migalhas de bolachas. Pouco depois o sr. Henry desceu. Tinha vestido a calça embaixo do roupão.

"Vocês não gostariam de tomar um sorvete?"

"Ah, sim, senhor."

"Tomem, vinte e cinco centavos. Vão até a Isaley's e comprem sorvete. Vocês se comportaram, não se comportaram?"

As palavras verde-claras dele restauraram a cor do dia. "Sim, senhor. Obrigada, senhor Henry. O senhor conta à mamãe aonde nós fomos, se ela chegar?"

"Claro. Mas ela vai demorar."

Sem casaco, saímos e já tínhamos chegado à esquina quando Frieda disse: "Não quero ir à Isaley's".

"O quê?"

"Não quero sorvete. Quero batatinhas fritas."

"A Isaley's vende batatinhas."

"Eu sei, mas por que andar até lá, que é longe? A senhorita Bertha vende batatinhas."

"Mas eu quero sorvete."

"Não, não quer, Claudia."

"Quero, sim."

"Bom, então você vai à Isaley's. Eu vou até a senhorita Bertha."

"Mas você está com o dinheiro, e eu não quero ir lá sozinha."

"Então vamos até a senhorita Bertha. Você gosta dos doces dela, não gosta?"

"São sempre velhos e o estoque dela sempre acaba logo."

"Hoje é sexta-feira. Ela recebe as entregas na sexta-feira."

"E depois o maluco do Soaphead Church mora lá."

"E daí? Nós estamos juntas. A gente sai correndo se ele fizer alguma coisa."

"Eu tenho medo dele."

"Bom, eu não quero ir até a Isaley's. E se a Torta de Merengue estiver por lá? Você quer encontrar com ela, Claudia?"

"Vamos, Frieda. Eu compro doce."

A srta. Bertha tinha uma lojinha de doces, rapé e tabaco. Um cômodo de tijolos no jardim da frente. A gente espiava pela porta e, se ela não estivesse, batia na porta da casa, atrás. Naquele dia ela estava sentada atrás do balcão, lendo uma Bíblia num facho de sol.

Frieda comprou as batatinhas, compramos três barras de Powerhouse por dez centavos e sobrou uma moeda de dez centavos. Corremos de volta para sentar embaixo dos lilases ao lado de casa. Sempre fazíamos a nossa dança dos doces ali, para que a Rosemary visse e ficasse com inveja. A dança dos doces era uma combinação de cantarolar, pular, sapatear, comer e estalar a língua, que nos dominava quando tínhamos doces. Esgueirando-nos por entre os arbustos e o lado da casa, ouvimos vozes e risos. Olhamos pela janela da sala de estar, esperando ver mamãe. Mas vimos o sr. Henry e duas mulheres. Como se brincasse, do modo como as avós fazem com os bebês, ele estava chupando os dedos de uma das mulheres, cujo riso preenchia um lugar minúsculo acima da cabeça dele. A outra mulher estava abotoando o casaco. Na mesma hora as reconhecemos e nossa pele se arrepiou. Uma era a China e a outra era conhecida como Linha Maginot. Senti uma coceira na nuca. Aquelas eram as donas emperiquitadas de esmalte marrom que mamãe e vovó odiavam. E na nossa casa.

A China não era tão terrível, pelo menos na nossa imaginação. Era magra, envelhecida, distraída e não espalhafatosa. Mas a Linha Maginot. Era daquelas que minha mãe dizia "não a deixaria comer num dos meus pratos". Nela as mulheres que frequentavam a igreja nunca se permitiam pousar os olhos. Aquela era a que havia matado gente, posto fogo em gente, envenenado gente, feito sabão com gente. Embora eu achasse que o rosto da

Linha Maginot, oculto sob toda aquela gordura, na verdade fosse meigo, tinha ouvido tanta coisa cabeluda, tantas palavras pretas e vermelhas sobre ela, visto tantas bocas formarem um triângulo à menção de seu nome, que não podia me deter em qualquer traço redentor que ela pudesse ter.

Expondo dentes marrons, a China parecia estar realmente se divertindo com o sr. Henry. Vê-lo lambendo os dedos dela me fez lembrar das revistas de mulheres nuas que ele tinha no quarto. Um vento frio soprou em algum lugar em mim, levantando folhinhas de terror e um anseio obscuro. Tive a impressão de ver uma leve solidão passar pelo rosto de Linha Maginot. Mas pode ter sido minha própria imagem que vi na lenta dilatação das narinas dela, nos olhos que me lembraram as cataratas nos filmes sobre o Havaí.

Linha Maginot bocejou e disse: "Vamos, China. A gente não pode ficar aqui o dia todo. O pessoal vai chegar". Moveu-se na direção da porta.

Frieda e eu nos abaixamos no chão, encarando-nos ansiosas. Depois que as mulheres já tinham percorrido uma boa distância, entramos. O sr. Henry estava na cozinha, abrindo uma garrafa de refrigerante.

"Já de volta?"

"Sim, senhor."

"Tomaram todo o sorvete?" Os dentinhos dele pareciam tão gentis e indefesos. Tinha mesmo sido o nosso sr. Henry nos dedos da China?

"A gente comprou doce."

"Foi, é? Ah, Greta Garbo e seu fraco por doces."

Limpou o suor da garrafa e levou-a aos lábios — um gesto que me deixou desconfortável.

"Quem eram aquelas mulheres, senhor Henry?"

Ele engasgou e olhou para Frieda. "O que foi que você disse?"

"Aquelas mulheres", repetiu ela, "que acabaram de sair. Quem eram?"

"Ah." Ele riu a risada de adultos preparando-se para mentir. Um hehe que conhecíamos bem.

"Elas estão na minha aula de Bíblia. Nós lemos as escrituras juntos e elas vieram ler comigo hoje."

"Ah", fez Frieda. Eu olhava para os chinelos dele para não ver aqueles dentes gentis emoldurarem uma mentira. Ele foi até a escada e se virou para nós.

"Melhor não contar para a sua mãe. Ela não gosta muito de estudos bíblicos e não gosta que eu receba visitas, mesmo que seja de boas cristãs."

"Não, senhor Henry. A gente não vai contar."

Ele subiu a escada rapidamente.

"A gente não devia?", perguntei. "Contar para a mamãe?"

Frieda suspirou. Não tinha nem aberto a barra de Powerhouse ou o saco de batatinhas, e agora passava os dedos pelas letras no invólucro do doce. De repente levantou a cabeça e começou a olhar ao redor na cozinha.

"Não. Acho que não. Não tem nenhum prato fora do lugar."

"Prato? Do que é que você está falando?"

"Não tem nenhum prato fora do lugar. Linha Maginot não comeu num dos pratos de mamãe. Além disso, se a gente contasse, mamãe só ia reclamar o dia inteiro."

Sentamos e olhamos para os formigueiros de bolacha que tínhamos feito.

"É melhor a gente cortar os nabos. Eles vão queimar e a mamãe vai dar uma surra na gente", disse ela.

"Eu sei."

"Mas, se os nabos queimarem, a gente não tem que comer."

Que ótima ideia, pensei.

"O que você prefere? Uma surra sem nabos ou nabos sem surra?"

"Não sei. Talvez a gente pudesse queimá-los só um pouquinho, aí mamãe e papai podem comer e a gente diz que não consegue ."

"Está bem."

Fiz um vulcão do meu formigueiro.

"Frieda?"

"O quê?"

"O que foi que Woodrow fez que você ia contar?"

"Xixi na cama. A senhora Cain contou para mamãe que ele não para."

"Aquele nojento."

O céu estava escurecendo. Olhei pela janela e vi neve caindo. Enfiei o dedo na cratera do meu vulcão e ele ruiu, dispersando os grãos dourados em pequenos rodamoinhos. A panela de nabos estalou.

VEJAOGATOESTÁMIANDOVENHABRINCARVENHABRINCARCOM-
AJANEOGATINHONÃOQUERBRINCARBRINCARBRINCARBRINC

Elas vêm de Mobile. Aiken. De Newport News. De Marietta. De Meridian. E o som desses nomes em sua boca faz pensar em amor. Quando a gente pergunta de onde são, inclinam a cabeça, dizem "Mobile" e a gente pensa que ganhou um beijo. Dizem "Aiken" e vê-se uma borboleta branca roçar numa cerca com uma asa rasgada. Dizem "Nagadoches" e você tem vontade de dizer "Sim, aceito". Você não sabe como são essas cidades, mas adora o que acontece com o ar quando elas abrem os lábios e dizem os nomes.

Meridian. O som da palavra abre as janelas de uma sala, como as quatro primeiras notas de um hino. Poucas pessoas podem dizer o nome de sua cidade natal com tanta afeição dissimulada. Talvez porque não tenham uma cidade natal, só um lugar onde nasceram. Mas essas garotas absorvem o sumo de sua cidade natal, que nunca as deixa. São garotas magras de pele parda que olharam muito tempo para alteias nos quintais de Meridian, Mobile, Aiken e Baton Rouge. E, assim como as alteias, elas são esguias, altas e quietas. Têm raízes profundas, a haste firme, e só a flor, no alto, balança ao vento. Têm os olhos de quem é capaz de dizer a hora pela cor do céu. Essas garotas moram em bairros negros tranquilos, onde todo mundo tem emprego bem remunerado. Onde, nas varandas, há balanços pendendo de correntes. Onde a grama é cortada com uma foice, onde crescem cristas-de-galo e girassóis nos jardins, e vasos de corações-ardentes e hera se alinham nos degraus e no parapeito das janelas. Essas garotas compram melão e feijão na carroça do verdureiro. Colocam na janela um aviso escrito em papelão para o vendedor de gelo, informando quanto gelo querem, quando querem. Essas garotas pardas de Mobile e Aiken não são como algumas de suas irmãs. Não são mal-humoradas, nervosas nem estridentes; não têm belos pescoços negros que se esticam como se forçassem uma coleira invisível; seus olhos não mordem. Essas garotas cor de açúcar mascavo, de Mobile, andam pelas ruas sem chamar a menor atenção. São doces e sem graça como pão de ló. Tornozelos delgados, pés longos e finos. Lavam-se com sabonete Lifebuoy cor de laranja, usam talco Cashmere Bouquet, limpam os dentes com sal num pedaço de pano, amaciam a pele com loção Jergens. Cheiram a madeira, jornal e baunilha. Alisam o cabelo com Dixie Peach e o repartem de lado. À noite, enrolam o cabelo em papelotes pardos, amarram um lenço estampado na cabeça e dormem com as mãos cruzadas sobre o estômago. Não bebem, não fumam nem dizem palavrões, e ainda chamam sexo de *"nookey"*.* São segundo soprano no coral

---

* Termo vulgar mas aceitável para "ato sexual", talvez derivado de *nook*, "esconderijo", "recesso". (N. T.)

e, embora tenham a voz clara e firme, nunca são escolhidas para solar. Ficam na segunda fila, de blusa branca engomada, saia azul, quase roxa do ferro de passar.

Estudam em faculdades subvencionadas pelo governo federal, cursam a escola normal e aprendem a fazer o trabalho do branco com refinamento: economia doméstica para preparar a comida dele; pedagogia para ensinar crianças negras a obedecer; música para aliviar o cansaço do patrão e entreter-lhe a alma embotada. Ali elas aprendem o resto da lição iniciada naquelas casas tranquilas com balanços na varanda e vasos de corações-ardentes: como se comportar. O cuidadoso desenvolvimento de parcimônia, paciência, princípios morais e boas maneiras. Numa palavra, como se livrar da catinga. A horrível catinga das paixões, a catinga da natureza, a catinga da vasta gama de emoções humanas.

Apagam a catinga onde quer que ela irrompa; dissolvem-na onde quer que se encroste; onde quer que goteje, floresça ou se agarre, elas a encontram e a combatem até destruí-la. Travam essa batalha até o fim, até o túmulo. A risada que é um tanto alta demais; a pronúncia um tanto arredondada demais; o gesto um tanto generoso demais. Contraem o traseiro com medo de um balanço demasiado livre; quando usam batom, nunca cobrem a boca inteira, com medo de que os lábios fiquem grossos demais, e preocupam-se, preocupam-se, preocupam-se com as pontas do cabelo.

Nunca parecem namorar, mas sempre se casam. Certos homens as observam, sem dar a impressão de fazer isso, e sabem que, com uma garota assim em casa, vão dormir em lençóis fervidos para branquear, pendurados para secar em pés de zimbro e passados com um ferro pesado. Haverá lindas flores de papel decorando a fotografia da mãe dele e uma grande Bíblia na sala da frente. Eles se sentem seguros. Sabem que sua roupa de trabalho estará remendada, lavada e passada na segunda-feira; que a camisa de domingo, branca e dura de goma, estará no cabide pendurado no umbral da porta. Olham para as mãos dela e sabem o que ela fará com massa de biscoito; sentem o cheiro do café e do presunto frito; veem o pão branco de farinha grossa, fumegante, com um naco de manteiga em cima. Os quadris lhes garantem que elas terão filhos com facilidade e sem dor. E eles têm razão.

    O que esse homem não sabe é que essa garota parda e sem graça vai construir seu ninho graveto por graveto, transformá-lo em seu mundo inviolável e montar guarda sobre cada planta, erva daninha e toalhinha que haja ali, mesmo contra o marido. Em silêncio, levará o lampião de volta ao lugar que ela decidiu que é o dele; vai tirar os pratos da mesa assim que o último bocado for comido; limpará a maçaneta da porta depois que uma mão engordurada a tiver tocado. Uma olhada de esguelha será o bastante para dizer a ele que vá fumar na varanda dos fundos. As crianças vão sentir instantaneamente que não podem entrar no jardim dela para pegar a bola que caiu ali. Mas o homem não sabe essas coisas. Assim como não sabe que ela lhe dará o corpo com parcialidade. Ele deve penetrá-la sub-repticiamente, erguendo-lhe a camisola só até o umbigo. Quando faz amor, deve sustentar o próprio peso nos cotovelos, em princípio para não machucar os seios dela, mas na verdade para que ela não tenha que tocá-lo nem senti-lo muito.

    Enquanto ele se move dentro dela, ela estará pensando por que não puseram as partes necessárias mas íntimas do corpo num lugar mais conveniente — na axila, por exemplo, ou na palma da mão. Um lugar que se pudesse atingir com facilidade, com rapidez, sem tirar a roupa. Ela se enrijece quando sente um dos papelotes no cabelo se soltar como resultado da atividade do amor; guarda na memória qual é que está se soltando, para poder prendê-lo logo, assim que ele terminar. Espera que ele não sue — a umidade pode passar para o cabelo dela; e que permaneça seca entre as pernas — odeia o som molhado que elas fazem quando está úmida. Ao sentir que ele está prestes a ser dominado por um espasmo, ela fará movimentos rápidos com os quadris, apertará as unhas contra as costas dele, prenderá a respiração e fingirá que está tendo um orgasmo. Talvez se pergunte, pela milésima vez, como seria ter *aquela* sensação enquanto o pênis do marido está dentro dela. O mais próximo disso que ela sentiu foi na ocasião em que a toalhinha absorvente se soltou da calcinha higiênica, movendo-se suavemente por entre suas pernas enquanto ela andava. Suavemente, muito suavemente. E então uma sensação leve e nitidamente deliciosa começou a se intensificar entre suas pernas. Como o prazer aumentou, ela teve que parar na rua e apertar as coxas para contê-lo. Deve ser assim, pensa ela, mas nunca acontece enquanto ele está dentro dela. Quando ele retira o membro, ela baixa a camisola, levanta e vai para o banheiro, aliviada.

De vez em quando, alguma coisa viva lhe cativará a afeição. Um gato, talvez, que vai adorar sua ordem, precisão e constância; que será tão limpo e silencioso quanto ela. O gato se acomodará quietamente no parapeito da janela e vai acariciá-la com os olhos. Ela poderá tomá-lo nos braços, deixando as patas traseiras se agitar para se apoiar nos seios dela e as dianteiras agarrar-se ao seu ombro. Poderá alisar o pelo macio e sentir por baixo a carne que não opõe resistência. Ao mais leve de seus toques, ele vai se espreguiçar e abrir a boca. E ela aceitará a sensação estranhamente agradável que vem quando ele se contorce sob sua mão e aperta os olhos num excesso de prazer sensual. Quando ela estiver em pé na cozinha, preparando comida, ele andará em torno das canelas dela, e a vibração do pelo dele lhe subirá em espirais pelas pernas até as coxas, fazendo os dedos tremer um pouco na massa da torta.

Ou enquanto ela estiver sentada, lendo os "Pensamentos edificantes" na *Liberty Magazine*, o gato pulará para o seu colo. Ela acariciará aquele monte macio de pelos e deixará o calor do corpo do animal ir penetrando as áreas profundamente privadas do seu colo. Às vezes a revista cairá e ela abrirá as pernas, só um pouquinho, e os dois ficarão imóveis juntos, talvez movendo-se um pouco juntos, dormindo um pouco juntos, até as quatro da tarde, quando o intruso chegará do trabalho, vagamente preocupado com o que há para o jantar.

O gato sempre saberá que é o primeiro nos afetos dela. Mesmo depois de ela ter um bebê. Porque ela terá um bebê — facilmente, sem dor. Mas só um. Um menino. Chamado Júnior.

Uma dessas garotas de Mobile, Meridian ou Aiken, que não transpirava nas axilas nem entre as coxas, que cheirava a madeira e a baunilha, que fazia suflês no departamento de Economia Doméstica, mudou-se com o marido, Louis, para Lorain, em Ohio. Chamava-se Geraldine. Lá ela construiu o ninho, passou camisas, plantou corações-ardentes, brincou com o gato e teve Louis Júnior.

Geraldine não permitia que o bebê, Júnior, chorasse. Enquanto as necessidades dele fossem físicas, ela podia atendê-las — conforto e saciedade. Ele estava sempre escovado, banhado, oleado e vestido. Geraldine não falava com ele, não lhe dizia palavrinhas meigas nem o cobria de beijos súbitos, mas providenciava para que todos os outros desejos fossem satisfeitos. Não levou muito tempo para o menino descobrir a diferença no comportamento da mãe em relação a ele e ao gato. Foi crescendo e aprendendo a dirigir para o gato o ódio que sentia da mãe, e passou alguns momentos felizes vendo-o sofrer. O gato sobreviveu, porque Geraldine raramente saía de casa e acudia o animal quando Júnior o maltratava.

Geraldine, Louis, Júnior e o gato moravam ao lado do pátio

da escola Washington Irving. Júnior considerava o pátio como seu, e os outros garotos tinham inveja da sua liberdade de dormir até mais tarde, ir almoçar em casa e dominar o pátio depois das aulas. Ele odiava ver vazios os balanços, escorregadores, barras fixas e gangorras, e tentava fazer os meninos ficarem por ali o máximo possível. Meninos brancos; a mãe não gostava que ele brincasse com pretinhos. Ela lhe havia explicado a diferença entre mulatos e pretos. Era fácil identificá-los. Os mulatos eram limpos e silenciosos; os pretos eram sujos e barulhentos. Ele pertencia ao primeiro grupo: usava camisas brancas e calças azuis; cortava o cabelo o mais rente possível para evitar qualquer sugestão de carapinha e a risca era desenhada pelo barbeiro. No inverno a mãe passava loção Jergens no rosto dele para que a pele não ficasse cinzenta. Embora fosse clara, a pele podia ficar cinzenta. A linha entre mulato e preto nem sempre era nítida; sinais sutis e reveladores ameaçavam erodi-la e era preciso estar constantemente atento.

 Júnior morria de vontade de brincar com os meninos negros. Mais do que qualquer outra coisa, queria brincar de rei da montanha, que o empurrassem monte de terra abaixo e rolassem por cima dele. Queria sentir-lhes a rigidez comprimindo-se contra ele, sentir o cheiro da negritude rebelde deles e dizer "Foda-se" com aquela deliciosa naturalidade. Queria sentar com eles na calçada e comparar o fio dos canivetes, a distância e o arco das cusparadas. No banheiro, queria compartilhar com eles os louros de ser capaz de fazer xixi de longe e por muito tempo. Em certa época Bay Boy e P.L. foram seus ídolos. Aos poucos acabou concordando com a mãe que nenhum dos dois era bom o suficiente para ele. Só brincava com Ralph Nisensky, que era dois anos mais novo, usava óculos e não queria fazer *nada*. Júnior gostava cada vez mais de intimidar meninas. Era fácil fazê-las gritar e sair correndo. Como ele ria quando elas caíam e as calcinhas apareciam. Quando se levantavam de rosto vermelho e contraído, ele se sentia bem. Não amolava muito as meninas negras. Elas geralmente andavam em bandos, e uma vez, quando ele atirou uma pedra em algumas delas, todas correram atrás dele, pegaram-no e lhe deram uma surra das feias. Ele mentiu para a mãe, dizendo que tinha sido Bay Boy. A mãe ficou muito aborrecida. O pai se limitou a continuar lendo o *Journal* de Lorain.

Quando lhe dava na veneta, chamava qualquer menino que estivesse passando para brincar nos balanços ou na gangorra. Se o menino não quisesse, ou quisesse mas fosse embora cedo demais, Júnior jogava pedrinhas nele. Adquiriu uma ótima pontaria.

Como em casa alternava o tédio com o medo, o pátio era a sua alegria. Num dia em que estava especialmente à toa, viu uma menina muito preta cortar caminho pelo pátio. Ia de cabeça baixa. Ele já a tinha visto muitas vezes no recreio, sozinha, sempre sozinha. Ninguém nunca brincava com ela. Provavelmente porque ela é muito feia, pensou ele.

Júnior chamou-a. "Ei! O que é que você está fazendo, atravessando o meu pátio?"

A menina parou.

"Ninguém pode passar por este pátio se eu não deixar."

"O pátio não é seu. É da escola."

"Mas eu é que mando aqui."

A menina se pôs a andar de novo.

"Espere." Júnior foi até ela. "Você pode brincar aqui, se quiser. Como você se chama?"

"Pecola. Eu não quero brincar."

"Vamos. Eu não vou amolar você."

"Tenho que ir para casa."

"Quer ver uma coisa? Tenho uma coisa para te mostrar."

"Não. O que é?"

"Vamos até lá em casa. Olha, eu moro logo ali. Vamos. Eu te mostro."

"Mostra o quê?"

"Uns gatinhos. A gente tem gatinhos. Você pode ficar com um, se quiser."

"Gatinhos de verdade?"

"É. Vamos."

Ele puxou de leve o vestido dela. Pecola começou a andar na direção da casa. Quando percebeu que ela havia concordado, Júnior correu na frente, entusiasmado, parando só para gritar para ela que andasse logo. Segurou a porta para ela, todo sorrisos e encorajamento. Pecola subiu os degraus da varanda e hesitou, com medo de entrar. A casa parecia escura. Júnior disse: "Não tem ninguém em casa. Minha mãe saiu e meu pai está trabalhando. Você não quer ver os gatinhos?".

Júnior acendeu as luzes. Pecola atravessou a porta.

Que bonito, pensou. Que casa bonita. Havia uma grande Bíblia vermelha e dourada em cima da mesa da sala de jantar. Por toda parte havia toalhinhas de renda — sobre os braços e o encosto das poltronas, no centro de uma grande mesa de jantar, sobre mesinhas. Nos parapeitos de todas as janelas havia vasos de plantas. Numa parede pendia uma imagem colorida de Jesus Cristo, com as mais bonitas flores de papel presas na moldura. Ela queria ver tudo bem devagarinho. Mas Júnior não parava de dizer: "Ei, você. Vamos, vamos". Empurrou-a para outra sala, ainda mais bonita do que a primeira. Mais toalhinhas, um grande abajur com base verde e dourada e cúpula branca. Havia até um tapete no chão, com flores vermelho-escuras enormes. Ela estava em profunda admiração das flores, quando Júnior disse: "Olhe!". Pecola se virou. "Aqui está o seu gatinho!", guinchou ele. E jogou um grande gato preto bem no rosto dela. Ela prendeu a respiração, de medo e surpresa, e sentiu pelo na boca. O gato arranhou-lhe o rosto e o peito num esforço para se endireitar e pulou com agilidade para o chão.

Júnior ria e, deliciado, corria pela sala, segurando o estômago. Pecola tocou o arranhão no rosto e sentiu que as lágrimas estavam vindo. Quando começou a se encaminhar para a porta, Júnior deu um salto e parou na frente dela.

"Você não pode sair. É minha prisioneira", disse. O olhar era alegre, mas duro.

"Me deixa sair."

"Não!" Deu-lhe um empurrão, saiu pela porta que separava as salas, fechou a porta e ficou segurando. Pecola se pôs a bater na porta e, quanto mais ela batia, mais alta e arquejante se tornava a gargalhada dele.

As lágrimas vieram rápido, e ela cobriu o rosto com as mãos. Quando uma coisa macia e peluda se moveu em torno de seus tornozelos, ela deu um pulo e viu que era o gato. Ele se enroscou em suas pernas. Momentaneamente distraída do medo, agachou-se para tocá-lo, com as mãos úmidas de lágrimas. O gato esfregou-se contra o joelho dela. Era todo preto, um preto intenso e sedoso, e seus olhos, apontando para o focinho, eram verde-azulados. A luz fazia-os brilhar como gelo azul. Pecola alisou a cabeça do gato; ele choramingou, movendo a língua com prazer. Os olhos azuis na cara preta a fitavam.

Júnior, curioso por não ouvir os soluços dela, abriu a porta e viu-a agachada, afagando a cabeça do gato. Viu o gato esticando a cabeça e estreitando os olhos. Tinha visto aquela expressão muitas vezes quando o animal reagia ao toque de sua mãe.

"Dá aqui esse gato!" A voz dele falhou. Com um movimento ao mesmo tempo desajeitado e certeiro, agarrou o gato por uma perna traseira e começou a girá-lo em torno da cabeça.

"Para com isso!", gritou Pecola. As patas livres do gato estavam rijas, prontas para agarrar qualquer coisa que lhe devolvesse o equilíbrio, a boca escancarada, os olhos azuis eram riscas de pavor.

Ainda gritando, Pecola se esticou para pegar a mão de Júnior. Ouviu o vestido rasgar embaixo do braço. Júnior tentou empurrá-la para longe, mas ela segurou-lhe o braço que girava o gato. Os dois caíram e, na queda, Júnior largou o gato. Solto em pleno movimento, o animal foi atirado com toda a força contra a janela. Resvalou e caiu em cima do aquecedor, atrás do sofá. Estremeceu algumas vezes e ficou imóvel. Sentia-se apenas um leve cheiro de pelo chamuscado.

Geraldine abriu a porta.

"O que é isso?" Voz suave, como se fosse uma pergunta muito natural. "Quem é essa menina?"

"Ela matou o nosso gato", disse Júnior. "Olha." Apontou para o aquecedor, onde o gato jazia, com os olhos azuis fechados, deixando apenas uma cara preta, vazia e indefesa.

Geraldine foi até o aquecedor e pegou o gato. O animal ficou largado em seus braços, mas ela esfregou o rosto contra o pelo dele. Olhou para Pecola. Viu o vestido sujo rasgado, as tranças espetadas na cabeça, o cabelo emaranhado nos pontos onde as tranças estavam desfeitas, os sapatos enlameados com um chiclete aparecendo por entre as solas baratas, as meias sujas, uma das quais engolida pelo calcanhar do sapato. Viu o alfinete de gancho prendendo a barra do vestido. Por sobre a corcova das costas do gato, olhou para ela. A vida toda tinha visto aquela menina. Paradas diante das vidraças dos bares em Mobile, engatinhando em varandas de casas toscas na periferia da cidade, sentadas em estações de ônibus segurando sacos de papel e gritando para mães que não paravam de dizer "Cala a boca!". Cabelo despenteado, vestidos rasgados, sapatos desamarrados e empastados de sujeira. Elas a haviam fitado com grandes olhos incompreensivos. Olhos que não questionavam nada e perguntavam tudo. Sem piscar, despudoradamente, elas a fitavam. Tinham nos olhos o fim do mundo, o começo e todo o vazio entre uma coisa e outra.

Elas estavam por todo lado. Dormiam seis amontoadas, a urina de todas misturando-se durante a noite quando molhavam a cama, cada uma sonhando seu sonho de doces e batatinhas fritas. Nos dias longos e quentes, ficavam à toa, tirando reboco das paredes e cutucando a terra com paus. Sentavam-se em pequenas fileiras nas calçadas, amontoavam-se nos bancos da igreja, tirando espaço das crianças mulatas, bonitas e limpas; faziam palhaçadas nos playgrounds, quebravam coisas em lojas baratas, corriam na frente da gente na rua, faziam pistas de gelo nas calçadas inclinadas no inverno. As meninas cresciam sem saber usar uma cinta e os meninos anunciavam que tinham atingido a idade viril virando para trás a aba do boné. Nos lugares onde elas moravam não crescia grama. As flores morriam. Abatiam-se sombras. Floresciam latas e pneus onde elas moravam. Viviam de feijão-fradinho frio e refrigerante de laranja. Como moscas, elas esvoaçavam; como moscas, pousavam. E esta pousara em sua casa. Por sobre a corcova das costas do gato, ela olhava.

"Fora", disse, em voz baixa. "Sua negrinha ordinária. Fora da minha casa."

O gato estremeceu e sacudiu o rabo.

Pecola recuou, olhando fixo para a bela senhora cor de café com leite, na bela casa verde e dourada, que falava com ela por entre o pelo do gato. As palavras da senhora bonita fizeram o pelo do gato se mexer; o sopro de cada palavra separou os pelos. Virou-se para achar a porta da frente e viu Jesus que a mirava com olhos tristes e sem surpresa, o longo cabelo castanho repartido no meio, as alegres flores de papel retorcidas em torno de seu rosto.

Lá fora, o vento de março entrou-lhe pelo rasgão no vestido.

Pecola abaixou a cabeça contra o frio. Mas não conseguiu abaixá-la o suficiente para não ver os flocos de neve que caíam e morriam na calçada.

PRIMAVERA

Os primeiros ramos são finos, verdes e flexíveis. Curvam-se num círculo completo, mas não quebram. Brotando de forsítias e lilases, numa promessa delicada e vistosa, significavam apenas uma mudança no estilo de surra. Surravam-nos de modo diferente na primavera. Em vez da dor vaga de uma correia no inverno, havia essas novas varas verdes que só perdiam o aguilhão muito tempo depois de a surra ter acabado. Havia uma crueldade nervosa nesses ramos longos que nos fazia ansiar pelo golpe uniforme de uma correia ou pela batida firme, mas honesta, de uma escova de cabelo. Ainda hoje, para mim, a primavera é permeada pela lembrança da dor de varadas, e a forsítia não me dá alegria.

Afundada no mato de um terreno vazio num sábado de primavera, eu cortava talos de serralha e pensava em formigas e caroços de pêssegos, na morte e para onde ia o mundo quando eu fechava os olhos. Devo ter ficado deitada no mato durante muito tempo, pois a sombra que estava à minha frente quando saí de casa tinha desaparecido quando voltei. Entrei em casa, que estava explodindo com um silêncio apreensivo. Depois ouvi minha mãe cantando alguma coisa sobre trens e Arkansas. Ela entrou pela porta dos fundos, trazendo umas cortinas amarelas, dobradas, que empilhou na mesa da cozinha. Sentei no chão para ouvir a história da canção e notei que ela se comportava de um jeito muito estranho. Ainda estava de chapéu e com os sapatos empoeirados, como se tivesse caminhado em chão de terra. Pôs água para ferver e depois varreu a varanda; em seguida retirou o varão, mas, em vez de pendurar as cortinas úmidas, foi varrer a varanda de novo. O tempo todo cantando sobre trens e Arkansas.

Quando ela acabou, fui procurar Frieda. Encontrei-a lá em cima, deitada em nossa cama, chorando o choro cansado e baixo que segue o berreiro inicial — principalmente arquejos e tremores. Deitei na cama e olhei os raminhos de rosas silvestres espalhados pelo vestido dela. Muitas lavagens tinham desbotado a cor e atenuado os contornos.

"O que aconteceu, Frieda?"

Ela levantou o rosto inchado da dobra do braço. Ainda tremendo, sentou-se, deixando as pernas finas pender do lado da cama. Ajoelhei-me na cama e peguei a barra do meu vestido para limpar o nariz dela, que escorria. Ela não gostava de limpar o nariz na roupa, mas dessa vez me deixou. Era o que mamãe fazia com o avental.

"Você levou uma surra?"

Ela fez que não com a cabeça.

"Então por que está chorando?"

"Porque sim."

"Porque sim o quê?"

"O senhor Henry."

"O que foi que ele fez?"

"O papai deu uma surra nele."

"Por quê? A Linha Maginot? Ele descobriu sobre a Linha Maginot?"

"Não."

"Bom, por quê, então? Vamos, Frieda. Por que é que eu não posso saber?"

"Ele... *pegou em mim*."

"Pegou em você? Você quer dizer, como o Soaphead Church?"

"Mais ou menos."

"Ele te mostrou as partes?"

"Nãããão. Ele me tocou."

"Onde?"

"Aqui e aqui." Apontou para os seios minúsculos, que, como duas bolotas de carvalho tombadas, espalhavam algumas folhas de roseira desbotadas pelo vestido dela.

"É mesmo? E o que foi que você sentiu?"

"Ah, Claudia." Ela pareceu irritada. Eu não estava fazendo as perguntas certas.

"Não senti nada."

"Mas não devia ter sentido? Sentido uma coisa boa?"

Frieda fez um muxoxo.

"O que foi que ele fez? Simplesmente chegou perto e deu um beliscão no seu peito?"

Ela suspirou. "Primeiro ele disse que eu era muito bonita. Depois me segurou pelo braço e me tocou."

"A mamãe e o papai estavam onde?"

"Na horta, arrancando mato."

"O que foi que você disse, quando ele fez isso?"

"Nada. Saí correndo da cozinha e fui para a horta."

"A mamãe disse que é para nós nunca atravessarmos os trilhos sozinhas."

"Bom, e o que é que você faria? Ia ficar lá e deixar que ele beliscasse você?"

Olhei para o meu peito. "Não tenho nada para beliscar. Nunca vou ter nada."

"Ah, Claudia, você tem inveja de tudo. Você *quer* levar uns beliscões dele?"

"Não, só estou ficando cansada de ter tudo por último."

"Não é verdade. E a escarlatina? Você teve primeiro."

"Foi, mas não durou. Bom, mas e o que foi que aconteceu no jardim?"

"Eu contei para a mamãe e ela contou para o papai, e nós voltamos todos para casa, e ele tinha ido embora. Então a gente esperou e, quando ele apareceu na varanda, o papai atirou o nosso triciclo velho na cabeça dele e ele caiu da varanda."

"Ele morreu?"

"Não. Levantou e começou a cantar *Mais perto de vós, ó Senhor*. Aí a mamãe bateu nele com uma vassoura e disse para ele tirar o nome do Senhor da boca, mas ele não parava, e o papai estava xingando e todo mundo estava gritando."

"Ah, droga, eu sempre perco as coisas."

"Aí o senhor Buford veio correndo com a espingarda, e a mamãe disse para ele ir dar um passeio, e o papai disse que não, pediu a arma, o senhor Buford deu para ele, a mamãe gritou, e o senhor Henry se calou e começou a correr, e o papai atirou nele, e o senhor Henry arrancou os sapatos e continuou correndo de meias. Aí a Rosemary apareceu e disse que o papai ia para a cadeia e eu bati nela."

"Com força?"

"Com força."

"Foi por isso que a mamãe bateu em você?"

"Ela não me bateu, eu já disse."

"Então por que é que você estava chorando?"

"A senhorita Dunion veio depois que todo mundo ficou quieto, e a mamãe e o papai estavam muito agitados, discutindo sobre quem tinha aceitado o senhor Henry, e ela disse que a mamãe devia me levar ao médico, porque eu podia estar desonrada, e a mamãe começou a gritar de novo."

"Com você?"

"Não. Com a senhorita Dunion."

"Mas por que você estava chorando?"

"Eu não quero ficar *desonrada*."

"O que é desonrada?"

"Você sabe. Como a Linha Maginot. Ela é desonrada. É o que a mamãe diz." As lágrimas voltaram.

Veio-me à mente uma imagem de Frieda, grande e gorda. As pernas finas inchadas, o rosto rodeado de camadas de pele coberta de ruge. Também comecei a sentir lágrimas.

"Mas, Frieda, você pode fazer exercício e não comer."

Ela deu de ombros.

"Além disso, tem a China e a Polaca, não tem? Elas também são desonradas, não são? E não são gordas."

"É porque elas bebem uísque. A mamãe diz que o uísque consumiu as duas."

"Você podia tomar uísque."

"Onde é que eu ia arrumar uísque?"

Pensamos nisso. Ninguém venderia para nós; e de toda forma não tínhamos dinheiro. Nunca havia uísque em nossa casa. Quem teria?

"Pecola", disse eu. "O pai dela está sempre bêbado. Ela pode nos dar um pouco."

"Você acha?"

"Claro. Cholly está sempre bêbado. Vamos pedir para ela. A gente não precisa dizer para o que é."

"Agora?"

"Claro, agora."

"O que é que a gente vai dizer para a mamãe?"

"Nada. A gente sai pelos fundos. Uma de cada vez. Ela não vai perceber."

"Está bem. Você vai primeiro, Claudia."

Abrimos o portão da cerca no fundo do quintal e descemos a rua correndo.

Pecola morava do outro lado da Broadway. Nunca tínhamos ido à casa dela, mas sabíamos onde era. Um prédio cinza, de dois andares, que fora uma loja embaixo e que tinha um apartamento em cima.

Ninguém atendeu quando batemos na porta da frente, então demos a volta até a porta lateral. Ao nos aproximarmos, ouvimos o rádio tocando música e olhamos para ver de onde vinha o som. Acima de nós ficava a varanda do primeiro andar, com uma balaustrada inclinada e apodrecendo, e, sentada na varanda, estava a Linha Maginot em pessoa. Ficamos olhando e, automaticamente, estendemos a mão uma para a outra. Uma montanha de carne, mais deitada do que sentada numa cadeira de balanço. Estava descalça, com cada pé enfiado entre dois balaústres: dedinhos minúsculos de bebê na ponta de pés balofos; tornozelos inchados retesando a pele; pernas maciças como tocos de árvores, bem afastadas na altura dos joelhos, acima dos quais se espalhavam duas estradas de coxas flácidas e macias que se beijavam bem fundo na sombra do vestido e se fechavam. Da mão cheia de covinhas crescia uma garrafa marrom-escura de refrigerante, como um membro queimado. Ela nos olhou através dos balaústres da varanda e soltou um arroto baixo e longo. Tinha os olhos limpos como a chuva, e novamente me lembrei das cataratas. Nenhuma de nós duas conseguia falar. Ambas imaginávamos que estávamos vendo o que Frieda ia se tornar. Linha Maginot sorriu para nós.

"Estão procurando alguém?"

Tive que arrancar a língua do céu da boca para dizer: "Pecola... ela mora aqui?".

"Hum-hum, mas não está. Ela foi ao emprego da mãe buscar a roupa lavada."

"Sim, senhora. Ela vai voltar?"

"Hum-hum. Ela tem que pendurar a roupa antes que escureça."

"Ah."

"Vocês podem esperar. Querem subir e esperar?"

Nós nos entreolhamos. Olhei de novo para as largas estradas cor de canela que se encontravam na sombra do vestido dela.

"Não, senhora", disse Frieda.

"Bom." Linha Maginot parecia interessada em nosso problema. "Vocês podem ir até o emprego da mãe dela, mas fica longe, perto do lago."

"Perto do lago onde?"

"O casarão branco com o carrinho de mão cheio de flores."

Era uma casa que conhecíamos, porque admirávamos o grande carrinho de mão branco, inclinado sobre rodas com aro e plantado de flores da estação.

"Não é longe demais para vocês irem a pé?"

Frieda coçou o joelho.

"Por que é que não esperam por ela? Podem subir até aqui. Querem um refrigerante?" Os olhos encharcados de chuva se iluminaram, e o sorriso dela era cheio, não como o sorriso apertado e contido de outros adultos.

Fiz menção de subir, mas Frieda disse: "Não, senhora, nós não podemos".

Fiquei espantada com a coragem dela, e assustada com o atrevimento. O sorriso de Linha Maginot sumiu. "Não podem?"

"Não."

"Não podem o quê?"

"Entrar na sua casa."

"É mesmo?" As cataratas estavam imóveis. "E por quê?"

"A minha mãe é que disse. A minha mãe disse que a senhora é desonrada."

As cataratas começaram a correr de novo. Ela levou a garrafa de refrigerante aos lábios e esvaziou-a. Com um movimento gracioso do pulso, um gesto tão rápido e pequeno que nem chegamos a vê-lo, só lembramos mais tarde, ela jogou a garrafa em nós, por cima da balaustrada. Quebrou-se aos nossos pés e cacos de vidro marrom nos roçaram as pernas antes de podermos dar um pulo para trás. Linha Maginot pôs uma mão gorda sobre uma das dobras do estômago e riu. De início só um zumbido profundo com a boca fechada, depois um som maior, mais quente. Uma gargalhada ao mesmo tempo bonita e assustadora. Ela inclinou a cabeça de lado, fechou os olhos e sacudiu o tronco maciço, deixando a gargalhada tombar como folhas vermelhas à nossa volta. Fragmentos e volteios da gargalhada nos seguiram enquanto corríamos. Perdemos o fôlego no mesmo momento em que nossas pernas cederam. Depois de descansarmos apoiadas a uma árvore, com a cabeça sobre os braços cruzados, eu disse: "Vamos para casa".

Frieda ainda estava zangada — lutando pela vida, acreditava ela. "Não, temos que arrumar o uísque agora."

"A gente não pode andar até o lago."

"Pode, sim. Vamos."

"A mamãe vai nos pegar."

"Não vai, não. E, depois, tudo que ela pode fazer é dar uma surra na gente."

Verdade. Ela não ia nos matar, soltar uma gargalhada terrível nem atirar uma garrafa em nós.

Andamos por ruas ladeadas de árvores, com casas de um cinza suave, inclinadas como senhoras cansadas. As ruas foram mudando; as casas pareciam mais firmes, a pintura mais nova, os pilares das varandas mais retos, os jardins mais profundos. Depois apareceram casas de tijolos bem recuadas da rua, com jardins na frente circundados por arbustos aparados na forma de cones uniformes e bolas verdes aveludadas.

As casas à beira do lago eram as mais bonitas. Móveis de jardim, enfeites, janelas como reluzentes olhos de vidro, e nenhum sinal de vida. O quintal dessas casas estendia-se em vertentes verdes até uma faixa de areia, e depois era o lago Erie, azul, marulhando até o Canadá. O céu com manchas alaranjadas da área onde ficava a siderúrgica nunca chegava a esta parte da cidade. Este céu era sempre azul.

Chegamos ao Lake Shore Park, um parque urbano com roseiras, fontes, gramados para boliche, mesas de piquenique. Estava vazio agora, mas na agradável expectativa de crianças brancas limpas e bem-comportadas, acompanhadas dos pais, que, no verão, brincariam ali acima do lago, antes de descerem o declive, meio correndo, meio tropeçando, até a água acolhedora. Negros não tinham permissão para entrar no parque, por isso ele nos enchia os sonhos.

Bem diante da entrada do parque ficava o casarão branco com o carrinho de mão cheio de flores. Lâminas curtas de crocos embainhavam seus corações roxos e brancos, tão ansiosos por serem os primeiros a abrir que suportavam o frio e a chuva do início da primavera. O caminho através do jardim era lajeado numa desordem calculada, que dissimulava a atraente simetria. Só não ficamos andando por ali por medo de ser descobertas e porque sabíamos que não era o nosso lugar. Contornamos a casa soberba e fomos até os fundos.

Lá, no minúsculo alpendre gradeado, estava sentada Pecola, com um suéter vermelho leve e um vestido de algodão azul. Perto dela havia um carrinho de mão. Ela pareceu contente de nos ver.

"Oi."

"Oi."

"O que é que vocês estão fazendo aqui?" Ela estava sorrindo, e, como isso era coisa rara de se ver nela, fiquei surpresa com o prazer que senti.

"Procurando você."

"Quem disse que eu estava aqui?"

"A Linha Maginot."

"Quem é essa?"

"A mulher grande e gorda. A que mora em cima da sua casa."

"Ah, a senhorita Marie. O nome dela é senhorita Marie."

"Bom, todo mundo chama de senhorita Linha Maginot. Você não tem medo?"

"Medo de quê?"

"Da Linha Maginot."

Pecola pareceu sinceramente intrigada. "Por quê?"

"A sua mãe deixa você ir à casa dela? E comer nos pratos dela?"

"Ela não sabe que eu vou. A senhorita Marie é boazinha. Elas são todas boazinhas."

"Ah, sei", disse eu, "ela tentou matar a gente."

"Quem? A senhorita Marie? Ela não amola ninguém."

"Então por que é que a sua mãe não deixa você ir à casa dela, se ela é tão boazinha?"

"Não sei. Ela diz que ela é má, mas elas não são más. Elas sempre me dão coisas."

"Que coisas?"

"Ah, muitas coisas, vestidos bonitos, e sapatos. Tenho tanto sapato, que nem uso todos. E joias e doces e dinheiro. Elas me levam ao cinema, e uma vez fomos ao parque de diversões. A China vai me levar a Cleveland, para ver a praça, e a Polaca vai me levar a Chicago para ver o Loop.* Vamos juntas a um montão de lugares."

"Você está mentindo. Você não tem nenhum vestido bonito."

"Tenho, sim."

"Ah, vamos, Pecola, por que é que você está dizendo tanta besteira para a gente?", perguntou Frieda.

"Não é besteira." Pecola se levantou, pronta para defender suas palavras, quando a porta se abriu.

A senhora Breedlove enfiou a cabeça pela porta e disse: "O que é que está havendo aqui? Pecola, quem são essas meninas?".

"A Frieda e a Claudia, senhora Breedlove."

"São filhas de quem?" Ela saiu para o alpendre. Estava mais bonita do que eu jamais a vira, num uniforme branco e o cabelo preso num pequeno Pompadour.

"Da senhora MacTeer."

"Ah, sei. Moram na rua 21?"

"Sim, senhora."

"O que é que vocês estão fazendo aqui?"

"Só caminhando. Viemos ver a Pecola."

"Bom, é melhor voltarem. Podem ir com a Pecola. Entrem enquanto eu pego a roupa lavada."

Entramos na cozinha, um aposento grande, espaçoso. A pele da sra. Breedlove cintilava como tafetá nos reflexos de porcelana branca, madeira branca, armários envernizados e reluzentes peças de cobre. Aromas de carne, legumes e de algo recém-assado misturavam-se ao cheiro de naftalina.

"Vou buscar a roupa. Vocês fiquem aqui, não se mexam e não mexam em nada." Desapareceu por trás de uma porta de vaivém branca e ouvimos o som de seus passos desiguais enquanto ela descia até o porão.

* O principal distrito comercial de Chicago. (N. T.)

Abriu-se outra porta e entrou uma garotinha, menor e mais nova do que nós. Estava com um vestido cor-de-rosa e chinelos de quarto, felpudos e também cor-de-rosa, com duas orelhas de coelho nas pontas. Tinha o cabelo loiro como milho, preso com uma fita grossa. Quando nos viu, o medo dançou-lhe pelo rosto por um segundo. Correu os olhos, ansiosa, pela cozinha.

"Onde está a Polly?", perguntou.

Senti ferver a violência, minha velha conhecida. Ela chamar a sra. Breedlove de Polly, quando até Pecola chamava a mãe de sra. Breedlove parecia razão suficiente para lhe dar uns arranhões.

"Lá embaixo", respondi.

"Polly!", chamou ela.

"Olhem", cochichou Frieda, "olhem aquilo." Na bancada perto do fogão, numa fôrma prateada, havia uma torta de mirtilos, o sumo violeta saindo aqui e ali através da crosta. Chegamos mais perto.

"Ainda está quente", disse Frieda.

Pecola esticou a mão para tocar a fôrma, de leve, para ver se estava quente.

"Polly, vem cá", chamou a garotinha.

Pode ter sido nervosismo ou falta de jeito, mas a fôrma virou sob os dedos de Pecola e caiu no chão, espalhando mirtilos por todo lado. A maior parte do sumo espirrou nas pernas de Pecola, e a queimadura deve ter doído, pois ela gritou e começou a dar pulos, bem na hora em que a sra. Breedlove entrou com uma sacola lotada de roupa lavada. Avançou a galope para cima de Pecola e, com as costas da mão, derrubou-a no chão. Pecola escorregou no sumo da torta, uma perna dobrando-se sob seu corpo. A sra. Breedlove puxou-a por um braço, ergueu-a do chão, tornou a esbofeteá-la, e, numa voz aguda de raiva, passou uma descompostura em Pecola e, indiretamente, em Frieda e em mim.

"Sua louca... o meu chão, sujeira... olhe o que você... trabalho... saia daqui agora isso... maluca... o meu chão, o meu chão... o meu chão." As palavras eram mais quentes e escuras do que os mirtilos fumegantes, e recuamos, apavoradas.

A garotinha de rosa começou a chorar. A sra. Breedlove virou-se para ela. "Não, meu bem, não. Vem cá. Ah, meu Deus, olhe o seu vestido. Pare de chorar. A Polly vai trocar o seu vestido." Foi até a pia, abriu a torneira e molhou uma toalha limpa. Por cima do ombro, cuspiu palavras na nossa direção como se fossem pedaços de maçã podre. "Pegue essa roupa e suma daqui para eu poder limpar essa sujeira."

Pecola pegou a sacola de lavanderia, pesada com a roupa úmida, e saímos às pressas. Enquanto Pecola punha a sacola no carrinho, ouvíamos a sra. Breedlove acalmando a garotinha loira de rosa e fazendo-a parar de chorar.

"Quem eram elas, Polly?"

"Não se preocupe. Ninguém, meu bem."

"Você vai fazer outra torta?"

"Claro que vou."

"Quem eram elas, Polly?"

"Quietinha. Não se preocupe. Não eram ninguém", sussurrou, e o mel de suas palavras complementou o pôr do sol que se derramava sobre o lago.

VEJAAMÃEÉMUITOBOAZINHAMÃEQUERBRINCARCOMAJANEA-
MÃERIAMÃERIAMÃERIAMÃERI

O mais fácil seria construir uma argumentação em torno do pé. E foi isso o que ela fez. Mas, para descobrir a verdade acerca de como os sonhos morrem, nunca se deve aceitar a palavra do sonhador. O fim do agradável começo dela foi provavelmente a cárie num dos dentes da frente. Ela, porém, preferia pensar sempre no pé. Embora fosse a nona de onze crianças e morasse numa serra de barro vermelho do Alabama, a onze quilômetros da estrada mais próxima, a completa indiferença com que um prego enferrujado foi recebido quando lhe perfurou um pé durante seu segundo ano de vida salvou Pauline Williams do anonimato total. O ferimento deixou-a com um pé torto, sem arco, que pendia quando ela andava — não um coxeio que acabasse por lhe torcer a espinha, mas um modo de levantar o pé defeituoso como se ela o extraísse de pequenos rodamoinhos que ameaçassem puxá-lo por baixo. Ainda que leve, a deformidade lhe explicava muitas coisas que de outra maneira teriam sido incompreensíveis: por que só ela, entre todos os filhos, não tinha apelido; por que não havia piadas nem histórias para contar sobre coisas engraçadas que ela fizesse; por que ninguém nunca prestava atenção no que ela gostava de comer — nada de lhe guardarem a asa ou o pescoço, nada de cozinharem as ervilhas numa panela separada, sem arroz, porque ela não gostava de arroz; por que ninguém a provocava; por que ela nunca se sentia à vontade em lugar algum nem parte de um grupo. Atribuía ao pé a sensação geral de separação e desmerecimento. Restrita, na infância, a esse casulo tecido pela família, ela cultivava prazeres silenciosos e privados. Gostava, acima de tudo, de arrumar coisas. Alinhar coisas em fileiras — vidros nas prateleiras das conservas, caroços de pêssego nos degraus da escada, pauzinhos, pedras, folhas —, e os membros da família deixavam ficar essas arrumações. Quando, por acidente, alguém desmanchava as fileiras, sempre parava para consertá-las, e ela nunca ficava zangada, porque aquilo lhe dava a oportunidade de arrumá-las outra vez. Fosse qual fosse a pluralidade portátil que encontrasse, ela a organizava em linhas perfeitas, de acordo com tamanho, forma ou gradações de cor. Assim como jamais alinhava uma agulha de pinheiro com uma folha de choupo, nunca punha os vidros de tomate ao lado das vagens. Durante os quatro anos em que frequentou a escola, sentiu-se encantada com os números e deprimida com as palavras. Sentia falta — sem saber — de tintas e creions.

    Perto do começo da Primeira Guerra Mundial, os William souberam, através de vizinhos e parentes que retornavam, da possibilidade de uma vida melhor em outro lugar. Em etapas, lotes, bandos, misturados com outras famílias, migraram, em seis meses e quatro viagens, para Kentucky, onde havia minas e usinas.

"Quando a gente saímos da nossa casa e tava esperando o caminhão perto do depósito, era de noite. Tinha besouro de junho voando pra todo lado. Eles iluminava uma folha de árvore e de vez em quando eu via uma risca verde. Foi a última vez que vi besouro de junho de verdade. Essas coisa que tem aqui não é os nosso besouro. É outra coisa. As pessoa chama de vaga-lume. Lá na minha terra eles era diferente. Mas eu lembro da risca verde. Lembro bem."

Em Kentucky, foram morar numa cidade de verdade, com dez a quinze casas numa única rua, água que vinha pelo cano até a cozinha. Ada e Fowler Williams encontraram uma casa de madeira com cinco cômodos para a família. O quintal era limitado por uma cerca que já fora branca, e junto a ela a mãe de Pauline plantava flores e ali dentro criavam algumas galinhas. Alguns dos irmãos entraram para o Exército, uma irmã morreu e duas se casaram, aumentando o espaço para viver e dando a todo o empreendimento em Kentucky uma sensação de luxo. A mudança foi especialmente confortável para Pauline, já com idade suficiente para sair da escola. A sra. Williams arrumou um emprego como arrumadeira e cozinheira de um pastor branco que morava do outro lado da cidade, e Pauline, agora a garota mais velha da casa, assumiu os cuidados do lar. Mantinha a cerca em ordem, firmando as estacas pontudas em pé e amarrando-as com pedaços de arame, recolhia ovos, varria, cozinhava, lavava e cuidava das duas crianças mais novas — gêmeos chamados Chicken e Pie, que ainda iam à escola. Ela não só era boa dona de casa como gostava do que fazia. Depois que os pais saíam para o trabalho e as outras crianças estavam na escola ou nas minas, a casa ficava silenciosa. O silêncio e a solidão a acalmavam e energizavam ao mesmo tempo. Ela podia arrumar e limpar sem interrupção até as duas horas, quando Chicken e Pie voltavam para casa.

Quando a guerra terminou e os gêmeos estavam com dez anos, também eles saíram da escola para ir trabalhar. Pauline tinha quinze anos agora, ainda cuidava da casa, mas com menos entusiasmo. Fantasias em torno de homens, amor e toque físico desviavam-lhe a mente e as mãos do trabalho. As mudanças no tempo começaram a afetá-la, assim como certas imagens e sons. Essas sensações se traduziam para ela numa melancolia extrema. Pensava na morte de coisas recém-nascidas, em estradas solitárias, em estranhos que surgem de lugar nenhum simplesmente para ficar de mãos dadas com a gente, em bosques onde o sol estava sempre se pondo. Esses sonhos cresciam especialmente na igreja. As canções a acariciavam, e, enquanto ela tentava se concentrar nas consequências do pecado, seu corpo tremia por redenção, salvação, um renascimento misterioso que simplesmente aconteceria, sem nenhum esforço de sua parte. Nunca tomava a iniciativa em nenhuma de suas fantasias; geralmente estava na margem do rio, sem fazer nada, ou colhendo frutinhas num campo, quando alguém aparecia, com olhos suaves e penetrantes, que — sem nenhuma troca de palavras — compreendia; e diante daquele olhar o pé dela se endireitava e ela baixava os olhos. Aquele alguém não tinha rosto, forma, voz nem odor. Era uma simples Presença, uma ternura que a tudo abrangia, com força e promessa de repouso. Não tinha importância que ela não tivesse ideia do que fazer ou dizer à Presença — depois do conhecer-se sem palavras e do tocar-se sem sons, seus sonhos se desintegravam. Mas a Presença sabia o que fazer. Bastava que ela pousasse a cabeça contra o peito dele e ele a levava embora para o mar, para a cidade, para os bosques... para sempre.

Havia uma mulher chamada Ivy que parecia ter na boca todos os sons da alma de Pauline. Em pé, um pouco afastada do coro, Ivy cantava a doçura suave a que Pauline não sabia dar nome; cantava a morte que desafiava a morte pela qual Pauline ansiava; cantava sobre o Estranho que *sabia*...

> *Ó amado Senhor, toma-me pela mão*
> *Conduz-me, faz-me resistir*
> *Estou cansada, estou fraca, estou exausta*
> *Através das tempestades, através da noite*
> *Conduz-me à luz*
> *Toma-me pela mão, ó amado Senhor, conduz-me.*

> *Quando árido for o meu caminho*
> *Amado Senhor, fica a meu lado*
> *Quando quase no fim estiver minha vida*
> *Ouve meu pranto, ouve meu chamado*
> *Segura-me a mão para que eu não caia*
> *Toma-me pela mão, ó amado Senhor, conduz-me.*

Foi assim, então, que, quando o Estranho, o alguém, apareceu surgido de lugar nenhum, Pauline se sentiu grata, mas não surpresa.

Ele veio, pavoneando-se sob o sol de Kentucky, no dia mais quente do ano. Veio grande, veio forte, veio com olhos amarelos, narinas infladas, e veio com sua própria música.

Pauline estava encostada na cerca, à toa, com os braços apoiados na ripa que sustentava as estacas. Tinha acabado de fazer uma massa de biscoito e limpava a farinha das unhas. Ouviu um assobio a alguma distância atrás dela. Uma dessas frases musicais rápidas, que os rapazes negros inventam enquanto varrem, cavam ou simplesmente caminham. Uma espécie de música da cidade onde o riso trai ansiedade e a alegria é curta e reta como a lâmina de um canivete. Ouviu a música com atenção e deixou que ela a fizesse sorrir. O assobio ficou mais alto, mas ela ainda não se virou, querendo que durasse. Sorrindo consigo mesma e agarrando-se a essa interrupção nos pensamentos sombrios, sentiu uma coisa roçar-lhe o pé. Riu alto e virou-se para ver. O assobiador estava curvado, fazendo-lhe cócegas no pé quebrado e beijando-lhe a perna. Ela não conseguia parar de rir — não até que ele erguesse o olhar para ela e ela visse o sol de Kentucky inundando os olhos amarelos de pálpebras pesadas de Cholly Breedlove.

"Quando vi o Cholly pela primeira vez, quero te dizer que foi como todas as cor daquela época lá na minha terra, quando todos nós, as criança, a gente foi colher frutinha depois de um funeral e eu botei umas no bolso do meu vestido de domingo e elas se esmagou e manchou o meu quadril. Meu vestido ficou todo sujo de roxo, e não adiantou lavar, porque não saía. Nem do vestido nem de mim. Eu sentia aquele roxo forte dentro de mim. E a limonada que a mãe fazia quando o pai vinha do campo. Era fria e amarelada, os caroço boiava perto do fundo. E aquela risca verde que os besouro fez nas árvore na noite que a gente saiu da nossa casa. Todas aquelas cor tava em mim. Quietinhas lá. Então, quando o Cholly apareceu e fez cócega no meu pé, foi como se as frutinha, a limonada, as risca verde que os besouro fazia se juntasse todas. O Cholly era magro naquele tempo, tinha o olho muito brilhante. Ele gostava de assobiar e eu ficava toda arrepiada quando ouvia ele."

Pauline e Cholly amaram-se. Ele parecia sentir prazer com a companhia dela e até gostar do seu jeito caipira e do desconhecimento sobre as coisas da cidade. Falava com ela sobre o pé e, quando andavam pela cidade ou pelo campo, perguntava se ela estava cansada. Em vez de ignorar a deformidade, de fingir que não existia, fazia-a parecer algo de especial e cativante. Pela primeira vez Pauline sentiu que seu pé defeituoso era uma qualidade.

E ele a tocou, com firmeza mas suavidade, exatamente como ela sonhara. Mas sem a melancolia de sóis poentes e margens de rio solitárias. Ela se sentia segura e agradecida; ele era afável e animado. Ela não sabia que existia tanto riso no mundo.

Concordaram em casar e ir para o norte, onde Cholly disse que as siderúrgicas estavam implorando por operários. Jovens, apaixonados e cheios de energia, chegaram a Lorain, em Ohio. Cholly encontrou trabalho nas siderúrgicas imediatamente e Pauline começou a cuidar da casa.

E aí ela perdeu um dente da frente. Mas deve ter havido uma mancha, uma mancha marrom facilmente confundida com comida mas que não saía, que ficou no esmalte durante meses, e cresceu, até rasgar a superfície e depois chegar à massa marrom embaixo, corroendo até a raiz, mas evitando os nervos, de modo que sua presença não era notada, nem incomodava. Aí, um dia, as raízes enfraquecidas, que tinham se acostumado com o veneno, reagiram a uma pressão muito forte e o dente caiu, deixando um toco áspero em seu lugar. Mas, mesmo antes da manchinha marrom, deve ter havido as condições, o ambiente que lhe permitiu existir.

Naquela cidade de Ohio, nova e em expansão, onde até as ruas laterais eram pavimentadas, que ficava à beira de um calmo lago azul, que se gabava de uma afinidade com Oberlin, a estação ferroviária subterrânea,* a apenas 21 quilômetros, naquele cadinho na orla dos Estados Unidos, de frente para o Canadá frio mas receptivo — o que é que poderia dar errado?

"Eu e o Cholly, a gente se dava bem na época. A gente veio pro norte porque diziam que tinha mais emprego. A gente muda-

---

* A "ferrovia" era, na verdade, uma rede de esconderijos para escravos que fugiam do sul para o norte. (N. T.)

mos para dois quarto em cima de uma loja de móvel e eu fiquei cuidando da casa. O Cholly trabalhava na fábrica de aço e tudo parecia bom. Não sei o que aconteceu. Mudou tudo. Era difícil conhecer gente ali e eu sentia saudade do meu pessoal. Eu não tava acostumada com tanto branco. Os que eu tinha visto antes eram horrível, mas eles não chegava muito perto. Quero dizer, a gente não lidava muito com eles. Só de vez em quando, no campo ou no armazém. Mas no norte eles estava em todo lugar, na casa do lado, lá embaixo, pelas rua, e tinha uns mulato no meio deles. Os mulato do norte também era diferente. Metido a besta. Não eram melhor do que os branco em maldade. Faziam a gente sentir que não valia nada, igualzinho, só que eu não esperava isso deles. Foi a época de mais solidão da minha vida. Lembro que eu ficava olhando pra eles pelas janela da frente, esperando o Cholly voltar pra casa, às três horas. Nem um gato eu tinha pra conversar."

Na sua solidão, ela se voltou para o marido em busca de consolo, entretenimento, coisas para preencher os vazios. O trabalho de casa não bastava; eram só dois cômodos e não havia um quintal para cuidar ou onde andar. As mulheres da cidade usavam saltos altos, e, quando Pauline tentou usá-los, eles transformaram o arrastar de seu pé num coxeio pronunciado. Cholly ainda era todo gentileza, mas passou a opor resistência àquela dependência total em relação a ele. Começavam a ter cada vez menos a dizer um ao outro. Ele não tinha dificuldade em encontrar outras pessoas e outras coisas para ocupá-lo — havia sempre homens subindo a escada à sua procura, e ele não hesitava em acompanhá-los, deixando-a sozinha.

Pauline não se sentia à vontade com as poucas mulheres negras que conhecia. Elas achavam engraçado que ela não alisasse o cabelo. Quando tentou se maquiar como elas, o resultado foi péssimo. Os olhares que alfinetavam e as risadinhas disfarçadas por causa de sua maneira de falar e se vestir deram-lhe vontade de ter roupas novas. Quando Cholly começou a brigar por causa do dinheiro que ela queria, ela decidiu arrumar um emprego. Trabalhar como faxineira ajudou com as roupas e mesmo com algumas coisas para o apartamento, mas não ajudou com Cholly. Ele não se sentia satisfeito com as compras dela e começou a lhe dizer isso. O casamento foi se retalhando com discussões. Ela era pouco mais do que uma menina e ainda esperava aquele nível elevado e constante de felicidade, aquela mão de um amado Senhor que, quando árido se tornasse o seu caminho, sempre a seu lado estivesse. Só agora tinha uma ideia mais clara do que árido significava. O dinheiro se tornou o centro de todas as discussões — o dela, para roupas, o dele, para bebida. O triste era que Pauline na verdade não ligava para roupas nem para maquiagem. Queria apenas que as outras mulheres a olhassem de modo favorável.

Depois de vários meses como diarista, arrumou um emprego fixo na casa de uma família de poucos recursos e hábitos nervosos e pretensiosos.

"O Cholly começou a ficar cada vez mais malvado e a querer brigar comigo o tempo todo. E eu devolvia na mesma moeda. Tinha que fazer isso. Parece que trabalhar pra aquela mulher e brigar com o Cholly era tudo que eu fazia. Cansativo. Mas continuei no emprego, mesmo que trabalhar pra aquela mulher não fosse brincadeira. Não que ela era má, mas era uma tonta. A família toda era. Ninguém se dava com ninguém ali, ninguém valia nada. Com uma casa bonita como aquela e com todo o dinheiro que eles tinha, era de pensar que um gostava do outro. Ela chorava por qualquer coisinha. Se uma amiga interrompia ela no telefone, ela chorava. Ela devia era estar contente de ter um telefone. Eu ainda não tenho. Lembro que uma vez o irmão mais novo dela, que ela

mandou para a faculdade de dentista, não convidou a família pra uma festa grande que ele deu. Eles criou um caso enorme por causa disso. Todo mundo passou dias no telefone, falando e reclamando. Ela me perguntou: 'Pauline, o que você faz se o seu próprio irmão dá uma festa e não convida você?'. Eu disse que se tivesse vontade mesmo de ir na festa, eu ia de qualquer jeito, sem ligar pro que ele queria. Ela só fez uma careta, como se eu tivesse falado uma burrice. E o tempo todo eu tava pensando que ela é que era burra. Quem foi que disse pra ela que o irmão é amigo dela? As pessoa não gosta umas das outra só porque têm a mesma mãe. Eu mesma tentei gostar daquela mulher. Ela era boa pra me dar coisa, mas não consegui gostar dela. Toda vez que eu começava a ter um sentimento bom por ela, ela fazia uma besteira e começava a me dizer como que tinha que fazer a limpeza e o resto. Se eu deixasse ela sozinha, ela ia se afogar em sujeira. Com o Chicken e a Pie eu não precisava catar tanta coisa jogada como tinha que catar as coisa que aquela gente deixava pelo chão. Nenhum sabia nem limpar o traseiro. Eu sei disso, porque quem lavava a roupa era eu. E não faziam xixi direito nem por um milhão. O marido nunca acertava dentro do vaso. Branco porco é a pior coisa que tem. Mas eu ia ficar, só que o Cholly apareceu lá no meu trabalho e fez um papelão. Ele chegou bêbado, querendo dinheiro. Quando aquela branca viu ele, ficou vermelha. Tentou se fingir de forte, mas tava morta de medo. Disse pro Cholly ir embora ou ela chamava a polícia. Ele xingou e começou a me puxar. Eu podia avançar pra cima dele, mas não queria encrenca com a polícia. Então peguei as minhas coisa e fui embora. Tentei voltar, mas ela não me queria mais, se eu fosse continuar com o Cholly. Ela disse que me deixava ficar se eu largasse dele. Pensei no caso. Mas mais tarde não achei muito inteligente uma preta abandonar um preto por causa de uma branca. E ela nunca me pagou os onze dólares que me devia. Isso foi terrível. O homem do gás tinha cortado o gás e *eu não podia cozinhar. Eu implorei pra aquela mulher me pagar. Fui até lá. Ela tava muito brava, toda agitada. Não parava de dizer que eu devia dinheiro pra ela por causa dos uniforme e por causa de uma cama velha e quebrada que ela me deu. Eu não sabia se devia ou não, mas precisava do meu dinheiro. Ela não arredava pé, nem quando dei a minha palavra que o Cholly nunca mais ia lá. Aí eu fiquei tão desesperada que perguntei se ela me emprestava o dinheiro. Ela ficou calada um tempo e depois disse que eu não devia deixar um homem tirar vantagem de mim. Que eu devia ter mais respeito e que era dever do meu marido pagar as conta, e que se ele não podia pagar, eu devia ir embora e fazer ele me pagar uma pensão. Tudo muito simples. Com que dinheiro ele ia me dar uma pensão? Eu percebi que ela não entendia que eu só queria era que ela pagasse os meus onze dólar pra eu pagar o homem do gás e poder cozinhar. Isso não entrava na cabeça dura dela e ela não parava de perguntar 'Você vai abandonar ele, Pauline?'. Achei que ela ia me dar o meu dinheiro se eu dissesse que ia, então respondi: 'Sim, senhora'. Aí ela disse: 'Está bem. Você deixa o seu marido e volta a trabalhar aqui e a gente esquece o que passou'. 'A senhora me dá o meu dinheiro hoje?', eu disse. E ela disse: 'Não. Só quando você deixar ele. Só estou pensando em você e no seu futuro. Para que ele te serve, Pauline, para quê?'. O que é que a gente responde pra uma mulher como essa, que não sabe pra que um homem serve e diz da boca pra fora que tá pensando no futuro da gente, mas que não paga o dinheiro que deve pra gente poder comprar alguma coisa pra comer diferente de vento? Então eu disse: 'Pra nada, não, senhora. Ele não me serve pra nada. Mas mesmo assim eu acho que é melhor eu ficar com ele'. Ela levantou e eu saí. Lá fora senti dor no meio das perna, porque tinha apertado muito as perna enquanto tentava fazer aquela mulher entender. Mas agora acho que ela não podia entender. Ela casou com um homem que tem um talho na cara no lugar da boca. Por isso, como é que ela ia poder entender?"*

Um inverno Pauline descobriu que estava grávida. Quando contou a Cholly, ele a surpreendeu ficando satisfeito. Começou a beber menos e a vir para casa com mais frequência. A tensão diminuiu e eles voltaram a ter um relacionamento parecido com o que tinham nos primeiros tempos de casados, quando ele perguntava se ela estava cansada ou se queria que lhe trouxesse alguma coisa da rua. Assim tranquilizada, Pauline parou de fazer faxina e voltou a só cuidar da casa. Mas a solidão naqueles dois aposentos não tinha desaparecido. Quando o sol de inverno batia na tinta verde que descascava das cadeiras da cozinha, quando os jarretes defumados cozinhavam na panela, quando tudo que se ouvia era o caminhão entregando móveis embaixo, ela pensava na sua terra, pensava que lá também ficava sozinha a maior parte do tempo, mas que esta solidão era diferente. Aí, parou de fitar as cadeiras verdes, o caminhão de entregas, e começou a ir ao cinema. Lá, no escuro, sua memória se reavivou e ela sucumbiu aos sonhos antigos. Além da ideia de amor romântico, foi apresentada a outra — à da beleza física. Provavelmente as ideias mais destrutivas da história do pensamento humano. Ambas se originavam da inveja, prosperavam com a insegurança e acabavam em desilusão. Ao igualar beleza física com virtude, ela despiu a mente, restringiu-a e foi acumulando desprezo por si mesma. Esqueceu-se da sensualidade e do simples gostar. Passou a encarar o amor como união possessiva e o romance como a meta do espírito. Para ela, isso seria uma fonte inesgotável de onde ela extrairia as emoções mais destrutivas — enganar o amante e tentar aprisionar o amado, refreando a liberdade de todas as maneiras.

Depois da educação que recebeu do cinema, nunca mais foi capaz de olhar para um rosto sem classificá-lo de alguma forma na escala da beleza absoluta, uma escala que ela absorvera na íntegra da tela prateada. Ali, finalmente, estavam os bosques sombrios, as estradas solitárias, as margens de rios, os olhos suaves e compreensivos. Ali o defeituoso se curava, o cego recuperava a visão e o coxo jogava fora as muletas. Ali a morte estava morta e cada gesto das pessoas era feito em meio a uma nuvem de música. Ali as imagens em branco e preto se uniam, compondo um todo magnífico — tudo projetado através de um raio de luz que vinha de cima e de trás.

Era um prazer simples, na verdade, mas ela aprendeu tudo o que havia para amar e tudo o que havia para odiar.

"Parece que a única hora que eu era feliz era quando tava no cinema. Ia sempre que podia. Chegava cedo, antes do filme começar. As luz se apagava e ficava tudo escuro. Aí a tela se iluminava e eu entrava direto no filme. Os homem branco tomando conta tão bem das mulher, e todos bem-vestido, as casa grande e limpa, com a banheira no mesmo aposento que o toalete. Aqueles filme me dava muito prazer, mas depois ficava difícil voltar para casa e olhar para o Cholly. Não sei. Lembro que uma vez fui ver o Clark Gable e a Jean Harlow. Penteei o cabelo como o dela, como eu tinha visto numa revista. Uma risca do lado, com um cachinho na testa. Ficou igualzinho ao dela. Bom, quase igualzinho. Sentei naquele cinema, com o cabelo penteado daquele jeito, e gostei muito. Resolvi ver o filme até o fim de novo e levantei pra ir comprar um doce. Voltei pro meu lugar, dei uma grande mordida no doce e ele me arrancou um dente. Tive vontade de gritar. Os meus dente era bom, eu não tinha nenhum dente estragado na boca. Não dava pra acreditar. Eu, grávida de cinco mês, tentando ficar parecida com a Jean Harlow, e sem um dente da frente. Depois disso foi tudo por água abaixo. Parece que eu não liguei pra mais nada. Parei de me preocupar com o cabelo, fazia uma trança e pronto, e

resolvi ser feia. Ainda ia no cinema, mas tudo ficou pior. Eu queria o meu dente de volta. O Cholly caçoava de mim e a gente começou a brigar de novo. Eu tentei matar ele. Ele não me batia com muita força, acho que porque eu estava grávida, mas as briga, depois que começou de novo, continuou. Ele me deixava louca da vida e eu tava sempre caindo de tapa em cima dele. Bom, eu tive aquele bebê — um menino — e depois fiquei grávida de novo. Mas não foi como eu achei que ia ser. Eu gostava deles e tudo, eu acho, mas por causa da falta de dinheiro ou por causa do Cholly eu me preocupava muito com eles. Às vezes eu berrava com eles e batia neles, e sentia pena, mas não conseguia parar. Quando tive o segundo, uma menina, lembro que eu disse que ia gostar do bebê, mesmo que não fosse bonito. Ela parecia uma bola preta de cabelo. Não lembro de tentar engravidar na primeira vez. Mas na segunda eu tentei. Talvez porque já tinha um e não tinha mais medo. O que eu sei é que eu me sentia bem e não pensava na gravidez, só no bebê. Conversava com ele enquanto ainda tava na barriga. A gente era bons amigos. Você sabe. Eu ia pendurar a roupa lavada e sabia que levantar peso não era bom pra ele. Então eu dizia pra ele pra aguentar firme, porque eu ia pendurar uns pano e ele não precisava começar a pular, porque ia ser rápido. Ele não pulava nem nada. Ou então eu tava misturando alguma coisa numa tigela pra outra criança e também conversava com ele. Conversa assim de amigo. Até o final eu me senti bem com aquele bebê. Quando chegou a hora, fui pro hospital. Pra não ter preocupação. Não queria que nascesse em casa, como o menino. Me puseram num quarto grande, com um bando de mulher. As dor tava vindo, mas não muito forte. Um médico baixinho e velho veio me examinar. Ele tinha um montão de instrumento. Pôs uma luva, passou um creme na mão e enfiou a mão entre as minhas perna. Depois que ele foi embora, vieram outros médico. Um velho e outros moço. O velho tava ensinando os moço sobre bebês. Mostrando como fazer. Quando chegou a minha vez, ele disse que com essas mulher vocês não têm problema algum. Elas dão à luz logo e sem dor. Exatamente como as égua. Os moço deu um sorrisinho. Olharam a minha barriga e entre as minha perna. Não me disseram uma palavra. Só um olhou pra mim, pro meu rosto. Eu encarei ele, ele baixou a vista e ficou vermelho. Acho que ele entendeu que eu talvez não era uma égua parindo. Mas os outro não entendeu. Foram em frente. Eu vi eles conversando com as mulher branca: 'Como está se sentindo? Vai ter gêmeos?'. Conversa à toa, claro, mas conversa boa. Conversa boa e atenciosa. Eu fiquei nervosa e, quando as dor piorou, fiquei contente. Contente de ter outra coisa pra pensar. Gemi muito. As dor não tava assim tão forte, mas eu tinha que fazer aquela gente saber que ter um bebê era mais do que ter vontade de ir no banheiro. Eu sentia tanta dor quanto as branca. Não era porque eu não tava gritando e berrando antes que eu não tava sentindo dor. O que é que eles pensava? Que só porque eu sabia como ter um bebê sem fazer espalhafato o meu traseiro não tava repuxando e doendo como o delas? E também aquele médico não sabia o que tava falando. Ele nunca deve ter visto uma égua parir. Quem disse que ela não sente dor? Só porque não grita? Só porque ela não sabe gritar, eles pensa que a dor não tá lá? Se eles olhasse no olho dela e visse os globo arregalado, visse o olhar aflito, eles ia saber. Bom, o bebê veio. Grande e saudável. Ela era diferente do que eu tinha imaginado. Acho que conversei tanto com ele antes que criei uma imagem na cabeça. Então, quando vi, foi como olhar uma fotografia da mãe da gente quando ela era menina. A gente sabe quem é, mas não parece a mesma pessoa. Me deram o bebê pra amamentar e na mesma hora ela gostou de puxar o bico do meu peito. Aprendeu rápido. Não como o Sammy, que foi a criança mais enjoada pra alimentar. Mas a Pecola, desde o começo parecia que ela sabia o que tinha que fazer. Um bebê esperto. Eu gostava de olhar pra ela. Eles faz uns barulhinho guloso. O olho meigo e *úmido. Cruzamento de cachorrinho e homem morrendo. Mas eu sabia que ela era feia. A cabeça coberta de um cabelo bonito, mas, meu Deus, como ela era feia."*

Sammy e Pecola ainda eram pequenos quando Pauline teve que voltar a trabalhar. Ela estava mais velha agora, sem tempo para sonhos nem filmes. Estava na hora de reunir os pedaços todos, criar coerência onde antes não havia nenhuma. As crianças lhe deram essa necessidade; ela própria tinha deixado de ser criança. Assim, ela se transformou, e o seu processo de transformação foi semelhante ao da maioria de nós: desenvolveu ódio pelas coisas que a confundiam ou obstruíam; adquiriu virtudes fáceis de manter; atribuiu-se um papel no esquema das coisas; e, como gratificação, retomou tempos mais simples.

Assumiu a plena responsabilidade e o reconhecimento de sua condição como arrimo de família e retornou à igreja. Primeiro, porém, mudou dos dois cômodos para um espaçoso andar térreo de um prédio construído para ser uma loja. Exibiu-se para as mulheres que a tinham desdenhado sendo mais virtuosa do que elas; vingou-se de Cholly forçando-o a se entregar às fraquezas que ela desprezava. Ingressou numa igreja onde gritos não eram vistos com bons olhos, passou a trabalhar como voluntária e tornou-se membro do Círculo das Senhoras nº 1. Nas reuniões para orar, gemia e suspirava por causa da conduta de Cholly e esperava que Deus a ajudasse a afastar as crianças dos pecados do pai. Começou a caprichar no jeito de falar. Deixou outro dente cair e ficava indignada com as senhoras maquiadas que só pensavam em roupas e homens. Considerando Cholly como um modelo de pecado e fracasso, carregava-o como a uma coroa de espinhos, e os filhos como a uma cruz.

Teve a sorte de encontrar um emprego permanente com uma família abastada cujos membros eram afetuosos, agradecidos e generosos. Ela olhava as casas daquela gente, sentia o cheiro da roupa de cama, tocava as cortinas de seda e adorava aquilo tudo. A camisola cor-de-rosa da criança, as pilhas de fronhas brancas com bordados, os lençóis com barrado de florzinhas azuis. Ela se tornou o que se conhece como a empregada ideal, pois esse papel lhe preenchia praticamente todas as necessidades. Quando dava banho na menininha dos Fisher, era numa banheira de porcelana com torneiras prateadas, de onde corria uma quantidade infinita de água quente e limpa. Enxugava a garota em fofas toalhas brancas e vestia-a com roupas aconchegantes para dormir. Depois lhe escovava o cabelo loiro, sentindo prazer naqueles fios ondulados e sedosos entre seus dedos. Nada de bacia de zinco, baldes de água aquecida no fogareiro, toalhas duras, cinzentas e escamosas, lavadas numa pia de cozinha, secas num quintal empoeirado, nada de tufos pretos e emaranhados de carapinha áspera para pentear. Em breve ela parou de tentar cuidar da própria casa. As coisas que podia comprar não duravam, não tinham beleza nem estilo, e eram absorvidas pela fachada encardida da loja. Foi negligenciando cada vez mais a casa, os filhos, seu homem — eles eram como as reflexões tardias que se tem um pouco antes de pegar no sono, as fronteiras do amanhecer e do anoitecer dos seus dias, as fronteiras escuras que tornavam a vida cotidiana com os Fisher mais clara, mais delicada, mais deliciosa. Ali ela podia arrumar coisas, limpar coisas, dispor coisas em fileiras perfeitas. Ali arrastava o pé sobre carpetes grossos sem que ele produzisse um som diferente. Ali encontrava beleza, ordem, limpeza e elogio. O sr. Fisher dizia: "Eu preferia vender as tortas de mirtilo que ela faz a vender imóveis". Ela reinava sobre armários abarrotados de comida que não seria consumida durante semanas, meses até; era a rainha de legumes enlatados comprados às caixas, dos *fondants* especiais e docinhos em minúsculos pratos prateados. Os credores e os vendedores que a humilhavam quando ela os procurava em seu próprio nome a respeitavam, ficavam até intimidados com ela, quando falava pelos Fisher. Recusava a carne que estivesse ligeiramente escura ou cujas beiradas não estivessem bem aparadas. O peixe ligeiramente malcheiroso que aceitava para a própria família ela praticamente atirava na cara do peixeiro, se ele o mandasse para a casa dos Fisher. Naquela casa ela tinha poder, elogios e luxo. Até lhe deram o que nunca tivera, um apelido — Polly. Seu prazer era parar na cozinha, no final do dia, e inspecionar seu trabalho. Saber que havia barras de sabão às dezenas e bacon em fatias, e regalar-se com as panelas e potes reluzentes e com o piso encerado. Ouvir: "Nós jamais deixaremos que ela vá embora. Nunca encontraríamos alguém como a Polly. Ela simplesmente *não* vai para casa se a cozinha não estiver absolutamente em ordem. Realmente, ela é a empregada ideal".

Pauline guardava para si essa ordem, essa beleza, um mundo particular, que nunca apresentou à sua fachada de loja ou aos filhos. A eles ela vergava rumo à respeitabilidade e, ao fazer isso, ensinou-lhes o medo: medo de ser inábil, medo de ser como o pai, medo de não ser amado por Deus, medo de ficar louco como a mãe de Cholly. No filho, incutiu uma forte vontade de fugir e, na filha, o medo de crescer, medo das outras pessoas, medo da vida.

Todo o sentido de sua vida estava no trabalho, pois suas virtudes estavam intactas. Era ativa na igreja, não bebia, não fumava nem era de farras, defendia-se vigorosamente de Cholly, erguia-se acima dele em todos os aspectos e achava que cumpria conscienciosamente seu papel de mãe quando apontava para os filhos os defeitos do pai para que os evitassem, ou quando os castigava pelo mínimo desleixo, ou quando trabalhava de doze a dezesseis horas por dia para sustentá-los. E o mundo concordava com ela.

Só às vezes, às vezes, e depois raramente, pensava nos velhos tempos ou no que sua vida se tornara. Eram devaneios, pensamentos ociosos, cheios, às vezes, dos antigos sonhos, mas não era o tipo de coisa em que ela gostava de se deter.

"Uma vez eu comecei a abandonar ele, mas alguma coisa aconteceu. Uma vez, depois que ele tentou botar fogo na casa, decidi que ia mesmo embora. Nem consigo lembrar o que me segurou. A vida que ele me deu não foi boa, mas nem sempre era assim tão ruim. Ele às vezes vinha de mansinho pra cama, sem estar bêbado demais. Eu finjo que tou dormindo, porque é tarde e ele tinha tirado três dólares da minha bolsa de manhã ou coisa assim. Eu escuto ele respirando, mas não viro pra olhar. Eu fico imaginando os braço preto dele atirado pra trás da cabeça, os músculo parecido com um caroço grande de pêssego lustroso, as veia correndo como um riozinho inchado pelos braço. Sem tocar, eu sinto aquelas saliência nas ponta dos meus dedo. Eu vejo as palma das mão dele, com calo duro como granito, e os dedo comprido, dobrado e quieto. Eu penso no cabelo grosso e enroscado no peito dele e nos dois morro grande que os músculo do peito dele faz. Eu tenho vontade de esfregar o rosto com força no peito dele e sentir aquele pelo cortar a minha pele. Eu sei direitinho onde os pelo raleia — logo em cima do umbigo — e onde engrossa de novo e se espalha. Talvez ele se mexe um pouco e a perna dele toca a minha, ou então eu sinto o lado do corpo dele roçar em mim por trás. Eu continuo quieta. Aí ele levanta a cabeça, se vira e põe a mão na minha cintura. Se eu não me mexer, ele vai com a mão pra alisar a minha barriga. Macio e devagar. Eu continuo quieta, porque não quero que ele pare. Eu quero fingir que tou dormindo e que ele continue alisando a minha barriga. Aí ele inclina a cabeça e morde o meu peito. Aí eu não quero mais que ele continue alisando a minha barriga, quero que ele ponha a mão no meio das minha perna. Eu finjo que tou acordando e me viro pra ele, mas sem abrir as perna. Eu quero que ele abre elas por mim. Ele faz isso e eu tou *macia e úmida, e os dedo dele forte e duro. Eu tou mais macia do que nunca. Toda a minha força tá na mão dele. O meu cérebro se enrosca como folha murcha. Eu fico com uma sensação gozada nas mão, de vazio, tenho vontade de segurar alguma coisa, então seguro a cabeça dele. Ele põe a boca embaixo do meu queixo e aí eu não quero mais a mão dele entre as minha perna, porque tenho a impressão que tou derretendo. Eu abro as perna e ele vem pra cima de mim. Ele é pesado demais pra aguentar e leve demais pra não aguentar. Ele põe a coisa dele dentro de mim. De mim. De mim. Eu tranço os pé em volta das costa dele pra que ele não poder sair mais. O rosto dele fica junto do meu. As mola da cama faz um barulho como os grilo lá na minha terra. Ele passa os dedo pelos meu e a gente estende os braço como Jesus na cruz. Eu aperto com força. Os meus dedo e os meus pé aperta com força, porque tudo o mais tá indo, indo. Eu sei que ele quer que eu gozo primeiro. Mas eu não consigo. Só depois dele. Só consigo depois de sentir que ele me ama. Ama só eu. Afundando dentro de mim. Só consigo depois de saber que a minha carne é tudo o que ele tem na cabeça. Que ele não ia conseguir parar nem se precisasse. Que ele ia preferir morrer do que tirar a coisa dele de dentro de mim. De mim. Só depois dele soltar tudo que ele tem e dar pra mim. Pra mim. Pra mim. Quando ele faz isso, eu sinto um poder. Eu sou forte. Eu sou bonita, sou jovem. E aí eu espero. Ele treme e sacode a cabeça. Aí eu tou forte, bonita e jovem o suficiente pra deixar ele me fazer gozar. Eu solto os dedo dos dele e ponho as mão no traseiro dele. Eu largo as perna na cama. Não faço barulho, porque as criança pode ouvir. Eu começo a sentir aqueles pedacinho de cor flutuando dentro de mim — bem fundo dentro de mim. Aquela risca verde da luz dos besouro-de-junho, o roxo das frutinha escorrendo pelas minha perna, o amarelo da limonada da mãe correndo doce em mim. Aí eu sinto que tou dando risada no meio das perna e a risada se mistura com as cor e eu fico com medo de gozar e com medo de* não gozar. Mas eu sei que vou. E gozo. E é um arco-íris lá dentro. E dura, dura, dura. Eu tenho vontade de agradecer pra ele, mas não sei como, então dou uns tapinha nele, como a gente faz com um bebê. Ele me pergunta se está tudo bem, eu digo que sim. Ele sai de dentro de mim e deita pra dormir. Eu tenho vontade de dizer alguma coisa, mas não digo. Não quero afastar a cabeça do arco-íris. Eu devia levantar e ir no banheiro, mas não vou. Além disso, o Cholly tá dormindo com uma perna em cima de mim. Eu não posso me mexer nem quero.

"Mas não é mais desse jeito. Quase sempre ele tá socando dentro de mim antes de eu acordar e já terminou quando eu acordo. No resto do tempo eu nem aguento ficar perto dele, bêbado e fedorento. Mas eu não ligo mais pra isso. O meu Criador vai cuidar de mim. Eu sei. Vai sim. Eu sei que Ele vai. E depois, não faz nenhuma diferença nesta terra. Eu tenho certeza que existe uma glória. A única coisa que às vezes me dá saudade é o arco-íris. Mas, como eu disse, eu já nem lembro dele muito bem."

VEJAOPAIELEÉGRANDEEFORTEPAIQUERBRINCARCOMAJA-
NEOPAIESTÁSORRINDOSORRIAPAISORRIASORRIA

Quando Cholly tinha quatro dias de vida, a mãe o envolveu em dois cobertores e um jornal e o colocou num monte de lixo ao lado da ferrovia. A tia-avó Jimmy, que tinha visto a sobrinha sair pela porta dos fundos com uma trouxa, salvou-o. Deu uma surra na mãe dele com uma correia de afiar navalha e não a deixou mais chegar perto do bebê. A tia Jimmy criou Cholly, mas às vezes sentia prazer em lhe contar como o salvara. Por ela ele deduziu que a mãe não era boa da cabeça. Mas nunca teve a oportunidade de confirmar, porque ela fugiu pouco depois da surra e nunca mais se ouviu falar dela.

Cholly sentia-se grato por ter sido salvo. Mas nem sempre. Às vezes, quando olhava a tia Jimmy comendo couve com os dedos, chupando os quatro dentes de ouro, ou sentia o cheiro da assa-fétida que ela usava num saquinho em torno do pescoço, ou quando o punha para dormir com ela para se aquecer no inverno e ele via os seios velhos e enrugados através da camisola — aí ele se perguntava se não teria sido melhor ter morrido lá. Dentro de um pneu, sob um céu suave e negro da Geórgia.

Fazia quatro anos que ia à escola quando encontrou coragem de perguntar à tia quem era o seu pai e onde estava.

"Acho que é o garoto Fuller", foi a resposta. "Ele andava por aí naquela época, mas sumiu logo, antes de você nascer. Acho que foi para Macon. Ele ou o irmão dele. Talvez os dois. Ouvi o velho Fuller falar nisso uma vez."

"Qual é o nome dele?", perguntou Cholly.

"Fuller, pateta."

"O primeiro nome."

"Ah." Ela fechou os olhos para pensar e suspirou. "Eu não consigo lembrar mais nada. Sam, acho. É. Samuel. Não. Não, não era. Era Samson. Samson Fuller."

"E por que foi que vocês não me deram o nome de Samson?", perguntou Cholly em voz baixa.

"Por quê? Ele já tinha sumido quando você nasceu. A sua mãe não lhe deu nenhum nome. Ainda não tinham passado os nove dias quando ela jogou você naquele monte de lixo. Fui eu que batizei você no nono dia. Dei o nome do meu falecido irmão. Charles Breedlove. Um bom homem. Nunca existiu um Samson que acabasse bem."

Cholly não perguntou mais nada.

Dois anos depois, saiu da escola para começar a trabalhar na Loja de Grãos e Forragem Tyson. Varria a loja, fazia serviços de rua, pesava sacos e colocava-os nas carroças. Às vezes deixavam-no ir com o carroceiro. Um velho simpático chamado Blue Jack, que lhe contava histórias de antigamente, de como eram as coisas na época da Proclamação de Emancipação.* Como os

---

* Decreto do presidente Abraham Lincoln, que, em 10 de janeiro de 1863,

negros gritaram, choraram e cantaram. E histórias de fantasmas, como a do branco que cortou a cabeça da mulher, enterrou o corpo no pântano, e o corpo sem cabeça saía andando à noite, tropeçando e batendo nas coisas porque não podia enxergar, e chorando o tempo todo por um pente. Falavam sobre as mulheres que Blue tinha tido, as brigas em que se metera quando era mais jovem, o linchamento de que ele se safara na lábia uma vez, e sobre outros que não tinham conseguido se safar.

    Cholly adorava Blue. Já adulto havia muito tempo, ainda se lembrava dos bons momentos que passaram juntos. Como o 4 de Julho, num piquenique da igreja, quando uma família estava prestes a cortar uma melancia. Havia várias crianças paradas ao redor, olhando. Blue andava de um lado para o outro, na beira do círculo — um leve sorriso de expectativa suavizava-lhe o rosto. O pai da família levantou a melancia bem acima da cabeça — para Cholly, os braços grandes pareciam mais altos do que as árvores, e a melancia tapava o sol. Alto, cabeça para a frente, olhos fixos numa rocha, os braços mais altos do que os pinheiros, as mãos segurando a melancia maior do que o sol, ele fez uma pausa para se orientar e mirar. Olhando a figura desenhada contra o céu azul forte, Cholly sentiu arrepios nos braços e no pescoço. Perguntou-se se era assim que Deus se parecia. Não. Deus era branco, velho e bonzinho, com cabelo branco comprido, barba branca esvoaçante e olhinhos azuis que ficavam tristes quando as pessoas morriam e cruéis quando elas eram más. O diabo é que devia ter aquela aparência — segurando o mundo nas mãos, pronto a atirá-lo no chão e fazê-lo derramar as entranhas vermelhas para que negros pudessem comer o conteúdo doce e morno. Se era aquela a aparência do diabo, Cholly preferia o diabo. Nunca sentia nada pensando em Deus, mas a simples ideia do

---

durante a Guerra Civil americana, aboliu a escravidão nos territórios rebelados contra a União. (N. T.)

diabo o entusiasmava. E agora o diabo negro e forte tapava o sol e preparava-se para abrir o mundo ao meio.

Alguém tocava uma gaita ao longe; a música resvalava por sobre os canaviais, até o bosque de pinheiros; espiralava em torno dos troncos das árvores e misturava-se com o aroma de pinho, de modo que Cholly não conseguia distinguir entre o som e o odor que pairava acima da cabeça das pessoas.

O homem atirou a melancia contra a beirada de uma rocha. Um grito suave de desapontamento acompanhou o som da casca esmagada. A fruta não se partiu direito, ficou toda denteada, e pedaços da casca e da polpa vermelha espalharam-se pela relva.

Blue deu um pulo. "Aaaaahhh", gemeu. "Lá vai o coração." A voz dele foi ao mesmo tempo triste e contente. Todo mundo olhou para ver o grande naco vermelho do interior da melancia, sem casca e com poucas sementes, que tinha rolado para perto dos pés de Blue. Ele se abaixou para pegá-lo. Vermelho-sangue, planos opacos e lisos de tanta doçura, bordas rijas de sumo. Óbvio demais, quase obsceno na alegria que prometia.

"Vai em frente, Blue", riu o pai. "Pode ficar com ele."

Blue sorriu e afastou-se. Crianças pequenas disputavam pedaços no chão. Mulheres cataram as sementes para as menores e quebraram pedacinhos da polpa para si mesmas. Os olhos de Blue deram com os de Cholly. Fez um gesto para ele. "Vamos, garoto. Vamos comer o coração."

Juntos, o velho e o menino sentaram na relva e dividiram o coração da melancia. As entranhas agridoces da terra.

Foi na primavera, uma primavera muito fria, que a tia Jimmy morreu de torta de pêssego. Ela foi a um culto ao ar livre, depois de uma tempestade, e a madeira úmida dos bancos lhe fez mal. Quatro ou cinco dias depois, sentia-se fraca. As amigas foram visitá-la. Umas faziam chá de camomila, outras passavam-lhe linimento. A srta. Alice, sua amiga mais íntima, lia a Bíblia para ela.

Mesmo assim, ela piorava. Os conselhos se multiplicavam, ainda que contraditórios.

"Não coma clara de ovo."

"Beba leite fresco."

"Mastigue esta raiz."

Tia Jimmy não dava bola para nada daquilo, a não ser a leitura da srta. Alice. Assentia com a cabeça em sonolento reconhecimento enquanto as palavras dos Primeiros Coríntios eram murmuradas em tom monótono. Améns suaves saíam-lhe dos lábios enquanto ela era punida por todos os seus pecados. Mas o corpo não reagia.

Finalmente decidiram mandar buscar M'Dear. M'Dear era uma mulher calada que morava numa cabana perto do bosque. Era parteira competente e diagnosticadora infalível. Pouca gente se lembrava de uma época em que M'Dear não vivesse por ali. Para toda doença que não pudesse ser tratada por meios comuns — curas conhecidas, intuição ou resistência —, a ordem era sempre "Vão buscar M'Dear".

Quando ela chegou à casa da tia Jimmy, Cholly ficou espantado com seu tamanho. Sempre a imaginara enrugada e recurvada, pois sabia que ela era velhíssima. Mas M'Dear era mais alta do que o pregador que a acompanhava. Devia ter mais de um metro e oitenta. Quatro grandes nós de cabelo branco davam poder e autoridade a seu suave rosto negro. Ereta como um atiçador, parecia precisar da bengala de nogueira não para se apoiar, mas para se comunicar. Batia levemente com a bengala no chão enquanto olhava para o rosto enrugado da tia Jimmy. Alisava o punho da bengala com o polegar da mão direita enquanto passava o esquerdo pelo corpo da tia Jimmy. Pousou as costas dos dedos compridos no rosto da paciente e depois a mão inteira em sua testa. Passou os dedos pelos cabelos da doente, arranhando levemente o couro cabeludo e depois olhando para ver o que as unhas lhe revelavam. Levantou a mão da tia Jimmy e examinou de perto as unhas, a pele das costas, e apertou a palma com a ponta de três dedos. Depois encostou o ouvido no peito e no estômago da tia Jimmy. A pedido de M'Dear, as mulheres puxaram o penico de sob a cama para mostrar as fezes. M'Dear batia com a bengala enquanto as examinava.

"Enterrem o penico com tudo que está dentro", disse às mulheres. À tia Jimmy, disse: "Você pegou friagem no útero. Tome caldo e mais nada".

"Vai passar?", perguntou tia Jimmy. "Vou ficar boa?"

"Acho que sim."

M'Dear virou-se e deixou o quarto. O pregador colocou-a em sua charrete para levá-la para casa.

Naquela noite as mulheres trouxeram tigelas de caldo de feijão-fradinho, de mostarda, repolho, couve, nabos, beterraba, vagens. Até o sumo de uma queixada de porco cozida.

Duas noites mais tarde tia Jimmy estava bem mais forte. Quando a srta. Alice e a sra. Gaines deram uma passada para ver como ela ia, notaram a melhora. Sentadas, as três conversaram sobre as várias doenças que tinham tido, sua cura ou alívio, o que tinha ajudado. Voltavam sempre ao estado da tia Jimmy. Repetiam a causa, falavam sobre o que poderia ter sido feito para impedir que a doença tomasse conta e sobre a infalibilidade de M'Dear. As vozes se fundiam numa trenodia de nostalgia da dor. Subindo e descendo, complexas na harmonia, incertas na altura, mas constantes no recitativo da dor. Elas abraçavam junto ao peito as recordações das doenças. Lambiam os lábios e estalavam a língua em carinhosa recordação de dores que tinham suportado — parto, reumatismo, crupe, maus jeitos, dores nas costas, hemorroidas. Todos os machucados que haviam colecionado por se moverem sobre a terra — ceifando, limpando, erguendo, forcando, abaixando-se, ajoelhando-se, catando —, e sempre controlando crianças.

Mas tinham sido jovens um dia. O cheiro de suas axilas e de seus quadris mesclara-se em um almíscar agradável; os olhos tinham sido furtivos, os lábios descontraídos, e seu delicado virar de cabeça sobre aqueles delgados pescoços negros assemelhara-se ao de uma gazela. Seu riso tinha sido mais toque do que som.

Depois cresceram. Entraram devagar na vida pela porta dos fundos. Transformaram-se. Todo mundo podia lhes dar ordens. As mulheres brancas diziam "Faça isso". As crianças brancas diziam "Me dá aquilo". Os homens brancos diziam "Venha cá". Os homens negros diziam "Deita". As únicas pessoas de quem não precisavam receber ordens eram as crianças e as outras mulheres negras. Mas elas pegaram tudo isso e recriaram à sua própria imagem. Administravam a casa dos brancos, e sabiam disso. Quando os brancos espancavam os seus homens, elas limpavam o sangue e iam para casa receber maus-tratos da vítima. Batiam nos filhos com uma mão e com a outra roubavam para eles. As mãos que cortavam árvores também cortavam cordões umbilicais; as mãos que torciam o pescoço de galinhas e abatiam porcos também cuidavam de violetas africanas até que florissem; os braços que carregavam feixes, fardos e sacos também embalavam bebês. Elas moldavam biscoitos farinhentos em ovais de inocência — e amortalhavam os mortos. Aravam o dia inteiro e iam para casa para se aninhar sob os membros de seus homens. As pernas que cavalgavam o dorso de uma mula eram as mesmas que cavalgavam os quadris de seus homens. E a diferença era toda a diferença do mundo.

Aí elas ficavam velhas. O corpo resmungava, seu cheiro azedava. Agachadas num canavial, curvadas numa plantação de algodão, ajoelhadas na margem de um rio, tinham carregado um mundo na cabeça. Tinham aberto mão da vida dos próprios filhos e cuidado dos netos. Com alívio, amarravam panos na cabeça, envolviam os seios em flanela, acomodavam os pés em feltro. Não tinham mais nada que ver com sensualidade e lactação, estavam para além das lágrimas e do terror. Só elas podiam andar pelas estradas do Mississippi, pelas sendas da Geórgia, pelos campos do Alabama sem serem molestadas. Tinham idade suficiente para ficarem irritadas quando e onde quisessem, cansaço suficiente para antever a morte com prazer, desapego suficiente para aceitar a ideia da dor ao mesmo tempo que ignoravam a presença da dor. De fato, e finalmente, elas eram livres. E a vida dessas velhas negras era sintetizada em seus olhos — um misto de tragédia e humor, malícia e serenidade, verdade e fantasia.

Elas conversaram noite adentro. Cholly ouvia e foi ficando com sono. A canção de ninar do sofrimento o envolveu, embalou-o, até que o entorpeceu. Em seu sono, o mau cheiro das fezes de uma velha se transformou no aroma saudável de bosta de cavalo, e as vozes das três mulheres lhe chegavam como as notas agradáveis de uma gaita em surdina. No sono, ele estava ciente de estar enroscado numa poltrona, com as mãos enfiadas entre as coxas. Num sonho, seu pênis se transformou numa longa bengala de nogueira, e as mãos que o acariciavam eram as mãos de M'Dear.

Numa noite úmida de sábado, antes de tia Jimmy se sentir forte o suficiente para sair da cama, Essie Foster lhe levou uma torta de pêssego. A velha comeu um pedaço e, na manhã seguinte, quando Cholly foi esvaziar o penico, estava morta. Sua boca era um "o" frouxo, e as mãos, aqueles dedos compridos com unhas duras de homem, tendo feito o seu trabalho, podiam agora ser elegantes sobre o lençol. Um olho aberto o fitava como se dissesse: "Veja como segura esse penico, menino". Cholly devolveu o olhar, incapaz de se mover, até que uma mosca pousou no canto da boca da tia. Espantou-a, zangado, olhou de novo para o olho, e fez o que ele mandava.

O enterro da tia Jimmy foi o primeiro a que Cholly compareceu. Como membro da família, um dos enlutados, foi alvo de muita atenção. As mulheres tinham limpado a casa, arejado tudo, informado todo mundo, e costurado o que parecia um vestido branco de casamento para a tia Jimmy, que era donzela, usar quando se encontrasse com Jesus. Até arrumaram um terno escuro, uma camisa branca e uma gravata para Cholly. O marido de uma delas cortou-lhe o cabelo. Envolveram-no numa ternura meticulosa. Ninguém falava com ele; isto é, tratavam-no como à criança que ele era, sem nenhuma conversa séria; mas antecipavam-se a desejos que ele não tinha: surgiam refeições, água quente para a banheira de madeira, roupas. No velório, deixaram-no adormecer, e braços levaram-no para a cama. Foi só no terceiro dia depois da morte — o dia do enterro — que ele teve que dividir as atenções. O pessoal da tia Jimmy chegou das cidades e fazendas das redondezas. O irmão dela, O. V., com os filhos e a mulher, e muitos primos. Mas Cholly continuou sendo o personagem principal, porque era "o menino da Jimmy, a última coisa que ela amou", e "quem a encontrou". A solicitude das mulheres, os tapinhas na cabeça dados pelos homens lhe agradaram, e as conversas untuosas o fascinaram.

"Do que foi que ela morreu?"

"Da torta da Essie."

"É mesmo?"

"Hum-hum. Ela estava indo bem, eu a vi ainda na véspera. Disse que queria que eu lhe trouxesse linha preta para ela remendar umas coisas para o menino. Eu devia ter imaginado. Pedir linha preta já foi um sinal."

"Foi mesmo."

"Exatamente como a Emma. Lembra? Não parava de pedir linha. Morreu naquela mesma noite."

"É. Bom, ela queria porque queria. Não parava de me lembrar. Eu disse que tinha linha em casa, mas não, tinha que ser nova. Então eu mandei a June comprar bem na manhã em que ela morreu. Eu estava só me arrumando para trazer, junto com um pedaço de pão doce. Você sabe como ela adorava o meu pão doce."

"Adorava mesmo. Elogiava sempre. Ela foi uma boa amiga para você."

"Foi mesmo. Bom, eu tinha acabado de pôr a roupa quando a Sally entrou correndo, gritando que o Cholly tinha ido avisar a senhorita Alice que ela tinha morrido. Eu não consegui acreditar."

"A Essie deve estar se sentindo péssima."

"Ah, meu Deus, e como. Mas eu disse para ela que o Senhor dá e o Senhor tira. Não foi mesmo culpa dela. Ela faz uma boa torta de pêssego. Mas ela vai acreditar que foi culpa da torta e acho que ela tem razão."

"Bom, ela não devia se preocupar com isso. Afinal, ela fez o que todas nós teríamos feito."

"Ah, é. Porque eu estava embrulhando aquele pão doce para trazer e também podia ter sido o pão doce."

"Duvido. Pão doce é puro. Mas torta é a pior coisa para se dar a uma pessoa doente. Fico admirada que a Jimmy não soubesse disso."

"Mesmo que soubesse, não ia dizer nada. Ela teria tentado agradar. Você sabe como ela era. Tão boa."

"Eu que o diga. Ela deixou alguma coisa?"

"Nem um lenço. A casa é de uns brancos de Clarksville."

"É mesmo? Pensei que fosse dela."

"Talvez tenha sido um dia, mas não é mais. Ouvi dizer que o pessoal do seguro esteve falando com o irmão dela."

"Vão pagar quanto?"

"Oitenta e cinco dólares, pelo que ouvi."

"Só isso?"

"Vai dar para enterrá-la com isso?"

"Não vejo como. Quando meu pai morreu, vai fazer um ano em abril, o enterro custou cento e cinquenta dólares. Claro que nós quisemos fazer tudo direitinho. Agora o pessoal da Jimmy vai ter que colaborar. Aquele agente funerário que prepara negros também não é nada barato."

"É uma vergonha. Ela pagou esse seguro a vida toda."

"E eu não sei disso?"

"E aquele menino? O que é que ele vai fazer?"

"Bom, ninguém consegue achar a mãe dele, então o irmão da Jimmy vai levar o menino para casa. Dizem que a casa é muito bonita. Com banheiro dentro e tudo."

"Ótimo. Ele parece um bom cristão. E o menino precisa da mão de um homem."

"A que horas é o enterro?"

"Às duas. Lá pelas quatro ela deve estar embaixo da terra."

"Onde é o banquete? Ouvi dizer que a Essie queria que fosse na casa dela."

"Não, vai ser na casa da Jimmy. O irmão dela quis assim."

"Bom, vai ser grande. Todo mundo gostava da Jimmy. A gente vai sentir falta dela na igreja."

O banquete fúnebre foi um repique de alegria depois da beleza trovejante do enterro. Foi como uma tragédia de rua, com a espontaneidade aconchegada nos cantos de uma estrutura altamente formalizada. A falecida foi a heroína trágica; os sobreviventes, as vítimas inocentes. Houve a onipresença da divindade, estrofe e antiestrofe do coro de pranteadores regido pelo pregador. Houve o pesar pelo desperdício da vida, a perplexidade ante os caminhos de Deus e, no cemitério, a restauração da ordem na natureza.

Assim, o banquete foi a exultação, a harmonia, a aceitação

da fragilidade do físico, a alegria com o término do sofrimento. Risos, alívio, uma fome exagerada de comida.

Cholly ainda não tinha entendido completamente que a tia estava morta. Era tudo tão interessante. Mesmo no cemitério ele não sentiu nada além de curiosidade, e, quando chegou sua vez de olhar o corpo na igreja, estendeu a mão para tocar o cadáver e ver se estava mesmo frio como gelo, conforme todo mundo dizia. Mas puxou a mão rapidamente. Tia Jimmy tinha um ar tão reservado que pareceu errado perturbar aquela reserva. E ele voltou para o seu banco, de olhos enxutos, entre os gritos lacrimosos de outros, perguntando-se se devia tentar chorar.

Em casa, ficou à vontade para participar da alegria e desfrutar do que realmente sentia — uma espécie de clima festivo. Comeu gulosamente e sentiu-se bem o suficiente para tentar travar conhecimento com os primos. Segundo os adultos, havia algumas dúvidas em torno da autenticidade do parentesco, visto que O. V. era só meio-irmão de Jimmy e a mãe de Cholly era filha da irmã de Jimmy, mas irmã pelo segundo casamento do pai de Jimmy, enquanto O. V. era filho do primeiro casamento.

Um dos primos despertou um interesse especial em Cholly. Tinha uns quinze ou dezesseis anos. Cholly saiu e encontrou o garoto com alguns outros, perto da bacia onde tia Jimmy fervia as roupas.

Arriscou um "Oi". Eles responderam com outro. O garoto de quinze anos, que se chamava Jake, ofereceu-lhe um cigarro feito à mão. Cholly aceitou, mas, quando segurou o cigarro à distância de um braço e enfiou a ponta na chama do fósforo, em vez de colocá-lo na boca e aspirar, riram dele. Envergonhado, jogou o cigarro no chão. Sentiu que era importante fazer alguma coisa para se redimir com Jake. Assim, quando o garoto lhe perguntou se ele conhecia alguma garota, Cholly disse: "Claro".

Todas as garotas que Cholly conhecia estavam no banquete,

e ele apontou para um amontoado delas, em pé, recostadas à toa no alpendre dos fundos. Darlene também. Cholly torceu para que Jake não a escolhesse.

"Vamos pegar algumas e andar por aí", disse Jake.

Os dois garotos foram lentamente até o alpendre. Cholly não sabia como começar. Jake sentou, enroscou as pernas na balaustrada bamba do alpendre e ficou ali, olhando para o nada, como se não estivesse nem um pouco interessado. Estava deixando que elas o olhassem e disfarçadamente avaliando-as por sua vez.

As garotas fingiram que não viram os meninos e continuaram tagarelando. Logo a conversa se tornou afiada; a branda provocação mútua em que estavam envolvidas virou agressividade, um tipo sério de troça. Era a deixa de Jake; as garotas estavam reagindo à sua presença. Tinham farejado sua masculinidade e estavam se despedaçando por um lugar em sua atenção.

Jake desceu da balaustrada do alpendre e foi direto a uma garota chamada Suky, a que tinha sido mais agressiva nas troças.

"Quer me mostrar o lugar?" Ele nem sequer sorriu.

Cholly prendeu a respiração, esperando para ver Suky mandar Jake calar a boca. Ela era boa nisso, e conhecida pela língua afiada. Para sua enorme surpresa, ela concordou prontamente e até baixou as pestanas. Tomando coragem, Cholly virou-se para Darlene e disse: "Venha também. A gente vai só até o barranco". Esperou que ela fizesse uma careta e dissesse não, ou para quê, ou coisa assim. O que ele sentia em relação a ela era principalmente medo — medo de que não gostasse dele e medo de que gostasse.

O segundo medo se materializou. Ela sorriu e, aos pulos, desceu os três degraus inclinados para ir a seu encontro. Estava com os olhos cheios de compaixão e Cholly lembrou que ele era o enlutado.

"Se você quiser", disse ela. "Mas não vamos muito longe.

Minha mãe disse que temos que ir embora cedo e está escurecendo."

Os quatro se afastaram. Alguns dos outros garotos tinham vindo para o alpendre e estavam prestes a iniciar aquela dança de acasalamento, em parte hostil, em parte indiferente, em parte desesperada. Suky, Jake, Darlene e Cholly atravessaram vários quintais até chegarem a um campo aberto. Saíram correndo e chegaram a um leito de rio seco, recoberto de mato. A meta da caminhada era uma vinha silvestre onde cresciam muscadínias. Novas e fechadas demais para terem muito açúcar, eram comidas assim mesmo. Nenhum deles queria — não na época — o sumo escuro que a uva madura soltava facilmente. A restrição, a promessa de doçura ainda por se manifestar os excitavam mais do que a plena maturidade teria feito. Finalmente ficaram impacientes, e os garotos procuraram se distrair atirando uvas nas meninas. Os pulsos finos de meninos negros faziam claves de sol no ar ao executar os arremessos. A perseguição levou Cholly e Darlene para longe da beirada do barranco e, quando pararam para tomar fôlego, não viram Jake e Suky em parte alguma. O vestido de algodão branco de Darlene estava manchado de sumo. O grande laço azul que ela usava no cabelo tinha desamarrado e a brisa do entardecer fazia a fita esvoaçar-lhe em torno da cabeça. Estavam ambos sem fôlego e afundaram na relva verde e roxa na orla do pinheiral.

Cholly deitou de costas, ofegante. A boca cheia do gosto de uvas, ouvindo as agulhas de pinheiro farfalhando alto na expectativa de chuva. O cheiro de chuva próxima, de pinheiros e uvas o deixou tonto. O sol tinha se posto e recolhido seus fiapos de luz. Virando a cabeça para ver onde estava a lua, Cholly viu Darlene ao luar, atrás dele. Estava dobrada num D — os braços rodeando os joelhos erguidos, sobre os quais apoiava a cabeça. Dava para Cholly ver as calcinhas dela e os músculos de suas coxas jovens.

"É melhor a gente voltar", disse.

"É." Ela esticou as pernas no chão e começou a amarrar a fita do cabelo. "Mamãe vai me dar uma surra."

"Não vai, não."

"Hum-hum. Ela me disse que daria, se eu me sujasse."

"Você não está suja."

"Estou, sim. Olha isto." Ela tirou as mãos da fita e alisou um lugar no vestido onde as manchas de uva estavam mais fortes.

Cholly sentiu pena dela; a culpa era dele. De repente se deu conta de que tia Jimmy estava morta, pois sentiu falta do medo de levar uma surra. Não havia ninguém para fazer isso, exceto o tio O. V., e ele também era um enlutado.

"Eu faço", disse. Pôs-se de joelhos, de frente para ela, e tentou dar um laço na fita. Darlene enfiou as mãos pela camisa aberta dele e esfregou a pele tesa e úmida. Quando ele a olhou, surpreso, ela parou e riu. Ele sorriu e continuou dando o laço. Ela tornou a enfiar as mãos na camisa dele.

"Fica quieta", disse ele. "Como é que eu vou fazer isto?"

Ela lhe fez cócegas nas costelas com a ponta dos dedos. Ele soltou uma risadinha e segurou as costelas. Num instante estavam um em cima do outro. Ela serpeou as mãos por dentro da roupa dele. Ele devolveu a brincadeira, enfiando a mão pelo decote e depois por baixo do vestido. Quando a mão chegou à calcinha, ela parou de rir de repente e ficou séria. Assustado, Cholly estava prestes a retirar a mão, mas ela segurou seu pulso e ele não pôde movê-la. Ele a examinou com os dedos e ela o beijou no rosto e na boca. Cholly achou perturbadora a boca com lábios de muscadínias. Darlene soltou a cabeça dele, mudou de posição e tirou a calcinha. Depois de alguma dificuldade com os botões, Cholly baixou a calça até o joelho. Seus corpos começaram a fazer sentido para ele e não foi tão difícil quanto tinha imaginado que seria. Ela gemeu um pouco, mas a excitação que se acumulava dentro dele o fez fechar os olhos e considerar os gemidos como não mais do que os suspiros dos pinheiros acima de sua cabeça. Bem na hora em que ele sentiu que era iminente uma explosão, Darlene se imobilizou e soltou um grito. Ele achou que a tivesse machucado, mas, quando olhou para o seu rosto, viu que ela estava de olhos arregalados para alguma coisa atrás do ombro dele. Virou-se, brusco.

Havia dois brancos parados ali. Um com um lampião a álcool, o outro com uma lanterna. Não havia dúvida de que eram brancos; ele sentia o cheiro. Cholly deu um salto, tentando ficar de joelhos, levantar e vestir a calça num movimento só. Os homens estavam armados de espingarda.

"Hi hi hi hiiiiiiii." A risadinha foi uma longa tosse de asmático.

O outro correu a lanterna por cima de Cholly e Darlene.

"Vai em frente, crioulo", disse o da lanterna.

"Senhor?", disse Cholly, tentando achar a casa de um botão.

"Eu disse vai em frente. E vê se faz direito, crioulo, faz direito."

Cholly não tinha para onde olhar. Seus olhos moviam-se rápida e furtivamente, à procura de um refúgio, enquanto o corpo permanecia paralisado. O homem da lanterna levantou a espingarda do ombro e Cholly ouviu o som do metal. Caiu de joelhos de novo. Darlene tinha virado a cabeça e seus olhos tinham passado da luz do lampião para a escuridão circundante e pareciam quase despreocupados, como se não tivessem nada que ver com o drama que ocorria ao seu redor. Com uma violência nascida de um total desamparo, ele levantou o vestido dela, baixou a calça e a cueca.

"Hii, hii, hii, hiiiiiii."

Darlene cobriu o rosto com as mãos enquanto Cholly começou a simular o que tinha acontecido antes. Ele não podia fazer mais do que simular. A lanterna fez uma lua em seu traseiro.

"Hii, hii, hii, hiiiiii."

"Vamos, tição, mais depressa. Você não está fazendo nada por ela."

"Hii, hii, hii, hiiiiii."

Movendo-se mais rápido, Cholly olhou para Darlene. Sentiu ódio dela. Quase teve vontade de conseguir fazer — duro, longo e dolorido —, tamanho era o ódio que sentia. A lanterna penetrou-lhe as entranhas e transformou o sabor doce das muscadínias em fel fétido e podre. Olhou fixo para as mãos de Darlene, que cobriam seu rosto iluminado pela lua e pelo lampião. Pareciam garras de bebê.

"Hii, hii, hii, hiiiiii."

Uns cães uivaram. "São eles. São eles. Eu sei que esse é o Honey."

"É", disse o lampião a álcool.

"Vamos." A lanterna se virou e um deles assobiou para o Honey.

"Espera", disse o lampião a álcool, "o tição ainda não gozou."

"Bom, ele vai ter que gozar quando puder. Boa sorte, crioulinho."

Eles esmagaram agulhas de pinheiros com os pés. Cholly os ouviu assobiando por muito tempo, e depois a resposta dos cães deixou de ser um uivo e passou a latidos calorosos e animados de reconhecimento.

Cholly levantou-se e abotoou a calça em silêncio. Darlene não se mexeu. Ele tinha vontade de estrangulá-la, mas em vez disso tocou-lhe a perna com o pé. "A gente tem que ir, garota. Vamos!"

Ela estendeu a mão para pegar a calcinha, de olhos fechados, e não conseguiu achá-la. Puseram-se os dois a tatear ao luar, à procura da calcinha. Ela a encontrou e vestiu com os movimentos de uma velha. Afastaram-se do pinheiral em direção à estrada. Ele na frente, ela arrastando os pés atrás. Começou a chover. "Ótimo", pensou Cholly, "a chuva vai explicar o estado da nossa roupa."

Quando chegaram à casa, ainda havia umas dez ou doze pessoas lá. Jake tinha ido embora, Suky também. Alguns tinham se servido de mais comida — torta de batata, costeletas. Estavam todos absortos em reminiscências de começo de noite sobre sonhos, figuras, premonições. O conforto empanturrado deles todos era narcotizante e havia produzido recordações e invenções sobre alucinações.

A entrada de Cholly e Darlene despertou apenas uma ligeira atenção.

"Vocês estão encharcados, hein?"

A mãe de Darlene foi só vagamente implicante. Tinha comido e bebido demais. Os sapatos dela estavam embaixo da cadeira e os colchetes laterais do vestido estavam abertos. "Venha cá, menina. Acho que eu lhe disse..."

Alguns dos convidados acharam que deviam esperar que a chuva diminuísse. Outros, que tinham vindo de carroça, acharam melhor ir embora logo. Cholly foi até a pequena despensa transformada em dormitório para ele. Havia três crianças dormindo na sua cama. Tirou a roupa encharcada de chuva e pinheiro e vestiu o macacão. Não sabia para onde ir. O quarto da tia Jimmy estava fora de questão, e de toda forma o tio O. V. e a mulher iam usá-lo mais tarde. Pegou um acolchoado de um baú, estendeu-o no chão e deitou. Alguém estava fazendo café e ele, um pouco antes de pegar no sono, sentiu uma grande vontade de tomar café.

O dia seguinte foi dia de faxina, de acertar contas, de distribuir as coisas da tia Jimmy. Bocas arquearam para baixo, olhos velaram-se, pés hesitaram.

Cholly flutuava de um lado para outro, sem rumo, fazendo

as tarefas que lhe atribuíam. Todo o encanto e a cordialidade que os adultos lhe tinham dado na véspera foram substituídos por uma aspereza que condizia com seu estado de espírito. Ele só conseguia pensar na lanterna, nas muscadínias e nas mãos de Darlene. E, quando não estava pensando nisso, o vazio em sua cabeça era parecido com o espaço deixado por um dente recém-arrancado, ainda consciente da podridão que o ocupara. Com medo de topar com Darlene, não se afastava muito da casa, mas também não conseguia suportar a atmosfera da casa da tia morta. O remexer e o escolher entre as coisas dela, os comentários sobre o "estado" das coisas dela. Carrancudo, irritado, ele cultivava o ódio que sentia por Darlene. Em nenhum momento pensou em dirigir o ódio contra os caçadores. Essa emoção o teria destruído. Eram homens grandes, brancos, armados. Ele era pequeno, negro, indefeso. Seu subconsciente sabia o que seu consciente não adivinhava — que odiá-los o teria consumido, queimado como um pedaço de carvão macio, deixando apenas flocos de cinza e um ponto de interrogação de fumaça. Um dia ele descobriria esse ódio ao homem branco — mas não agora. Não na impotência, porém mais tarde, quando o ódio pudesse encontrar uma expressão agradável. Por ora, odiava aquela que havia criado a situação, a testemunha de seu fracasso, de sua impotência. Aquela que ele não fora capaz de proteger, de poupar, de cobrir contra a luz de lua redonda da lanterna. Dos hii-hii-hii. Lembrou da fita de Darlene, encharcada, batendo contra o rosto dela enquanto eles voltavam em silêncio embaixo da chuva. A repulsa que galopava dentro dele o fazia tremer. Não havia ninguém com quem conversar. O velho Blue estava quase sempre bêbado demais agora para entender, e além disso Cholly duvidava que pudesse lhe confiar sua vergonha. Para contar a Blue, o conquistador de mulheres, teria que mentir um pouco.

Pareceu-lhe que sentir solidão era muito melhor do que se sentir único.

No dia em que o tio de Cholly ficou pronto para partir, quando estava tudo empacotado, quando as brigas sobre quem fica com quê tinham fervido até se reduzir a um molho pegajoso na língua de todo mundo, Cholly sentou no alpendre dos fundos, esperando. Tinha lhe ocorrido que Darlene talvez ficasse grávida. A ideia era desvairadamente irracional, completamente despida de informação, mas o medo que gerou foi total.

Ele tinha que ir embora. O fato de estar partindo naquele mesmo dia não tinha a menor importância. Uma ou duas cidades não era distância suficiente, especialmente porque ele não gostava do tio nem confiava nele, e a mãe de Darlene certamente poderia encontrá-lo e o tio O. V. o entregaria a ela. Cholly sabia que era errado abandonar uma garota grávida, e lembrou, solidário, que seu pai fizera exatamente isso. Agora ele compreendia. Soube, então, o que devia fazer: encontrar o pai. Seu pai compreenderia. Tia Jimmy disse que ele tinha ido para Macon.

Sem pensar duas vezes, desceu do alpendre. Tinha andado um pouco quando se lembrou do tesouro; tia Jimmy deixara alguma coisa e ele tinha esquecido completamente. Num cano do fogareiro que já não era usado, ela havia escondido um saquinho de farinha com o que chamava de seu tesouro. Ele entrou de mansinho na casa e encontrou o aposento vazio. Enfiando a mão no cano, encontrou teias de aranha, fuligem e depois o saco macio. Separou o dinheiro: catorze notas de um dólar, duas notas de dois dólares e muitas moedinhas — vinte e três dólares no total. Certamente seria o suficiente para chegar a Macon. Que palavra boa e de som forte, *Macon*.

Para um menino negro da Geórgia, fugir de casa não era um grande problema. Bastava esgueirar-se para fora e pôr-se a andar. Quando anoitecia, ele dormia num celeiro; caso não houvesse cachorros, num canavial ou numa serraria vazia. Comia o que encontrava no chão e comprava refrigerante e balas de alcaçuz em pequenos armazéns. Havia sempre uma história de infortúnio fácil de contar aos negros adultos que perguntassem, e os brancos não ligavam, a menos que estivessem procurando diversão.

Depois de caminhar vários dias, ele podia ir até a porta dos fundos de casas bonitas e dizer à cozinheira negra ou à dona da casa branca que morava ali perto que estava procurando trabalho — arrancar ervas daninhas, arar, colher, fazer limpeza. Passava uma semana ou mais ali e seguia em frente. Viveu dessa maneira até a virada do verão e foi só em outubro que chegou a uma cidade grande o suficiente para ter uma estação de ônibus com horários regulares. Com a boca seca por causa do entusiasmo e da apreensão, foi até o lado do balcão reservado às pessoas de cor para comprar a passagem.

"Quanto é até Macon, moço?"

"Onze dólares. Cinco e cinquenta para crianças menores de doze anos."

Cholly tinha doze dólares e quatro centavos.

"Quantos anos você tem?"

"Só doze, moço, mas minha mãe só me deu dez dólares."

"Você deve ser o maior menino de doze anos que eu já vi."

"Por favor, moço, eu tenho que ir para Macon. Minha mãe está doente."

"Achei que você tinha dito que sua mãe lhe deu dez dólares."

"Essa é a minha mãe de mentirinha. A minha mãe de verdade está em Macon, moço."

"Acho que sei reconhecer um preto mentiroso quando ele me aparece pela frente, mas só para o caso de você não ser um deles, só para o caso de uma dessas suas mães estar mesmo morrendo e querer ver o negrinho dela antes de encontrar o criador, eu vou vender a passagem."

Cholly não ouviu nada. Os insultos eram parte das amolações da vida, como os piolhos. Sentiu-se mais feliz do que nunca, com exceção daquela vez com Blue e a melancia. O ônibus só ia sair dali a quatro horas, e os minutos dessas horas debateram-se como borrachudos no papel para pegar moscas — morrendo devagar, exaustos com a luta para continuar vivos. Cholly tinha medo de se mexer, até de ir ao banheiro. O ônibus podia partir enquanto ele não estivesse ali. Finalmente, rígido de prisão de ventre, embarcou no ônibus para Macon.

Achou um lugar junto da janela, no fundo, só para ele, e a Geórgia inteira correu diante de seus olhos, até que o sol sumiu de vista. Mesmo no escuro ele sentia fome de ver, e foi só depois do esforço mais ferrenho para manter os olhos abertos que adormeceu. Quando acordou, tinha amanhecido fazia muito tempo e uma negra gorda o cutucava com um biscoito com bacon frio. Com o gosto do bacon ainda nos dentes, aproximaram-se de Macon.

No fundo do beco ele viu homens apinhados como uvas. Uma voz alta e incitante subia em espiral acima das cabeças das formas recurvadas. As formas ajoelhadas, as formas inclinadas, todas atentas a um ponto no chão. Ao se aproximar, inalou um cheiro de homem, abundante e estimulante. Os homens estavam reunidos, exatamente como o homem no salão de sinuca tinha dito, jogando dados a dinheiro. Cada figura estava decorada de algum jeito com as cédulas verdes. Uns tinham separado o dinheiro, dobrado as notas em torno dos dedos, fechado as mãos em punho, de modo que as pontas arrumadas do dinheiro sobressaíam num misto de esmero e violência. Outros tinham empilhado suas notas, dobrado ao meio e seguravam o maço como se estivessem prestes a dar cartas. Outros, ainda, tinham deixado seu dinheiro em bolas frouxamente amarrotadas. Um homem tinha dinheiro saindo de sob o boné. Outro alisava suas cédulas com um polegar e um indicador. Havia mais dinheiro naquelas mãos negras do que Cholly já tinha visto na vida. Compartilhou do entusiasmo deles, e a apreensão de boca seca por encontrar o pai deu lugar ao fluxo de saliva da excitação. Olhou de relance para os rostos, procurando o homem que pudesse ser seu pai. Como o reconheceria? Seria como uma versão maior dele mesmo? Naquele momento Cholly não conseguia se lembrar da própria aparência. Só sabia que tinha catorze anos, era negro e já media um metro e oitenta. Examinava os rostos e via apenas olhos, olhos súplices, olhos frios, olhos carregados de rancor, outros marcados pelo medo — todos concentrados no movimento de um par de dados que um homem lançava, agarrava e lançava de novo. Entoando uma espécie de litania que os outros respondiam, esfregando os dados como se fossem dois carvões em brasa, ele cochichou com eles. Aí os cubos voaram com estrépito de sua mão, para um coro de assombros e desapontamentos. Depois o lançador coletou o dinheiro e alguém gritou: "Pegue e rasteje, seu cão-d'água, o melhor que eu conheço". Houve alguns risos e um perceptível alívio da tensão, durante o qual alguns homens trocaram dinheiro.

Cholly deu um tapinha nas costas de um velho de cabeça branca.

"O senhor sabe me dizer se Samson Fuller está aqui?"

"Fuller?" O nome era familiar à língua do homem. "Não sei, ele está por aí. Ali. De paletó marrom." E o homem apontou.

Parado na extremidade do grupo, estava um homem de paletó marrom-claro. Gesticulava, agitado e briguento, para outro homem. Os dois tinham o rosto contraído numa expressão de raiva. Cholly chegou até eles, mal acreditando que estava no fim de sua viagem. Ali estava seu pai, um homem como qualquer outro, mas ali estavam, de fato, seus olhos, sua boca, sua cabeça toda. Seus ombros escondiam-se por baixo daquele paletó, sua voz, suas mãos — tudo real. Eles existiam, realmente existiam, em algum lugar. Bem ali. Cholly sempre o imaginara como um gigante, de modo que foi com um choque que descobriu, ao chegar bem perto, que era mais alto do que o pai. Na verdade, estava olhando para um ponto calvo na cabeça do pai, que de repente teve vontade de acariciar. Enquanto estava assim fascinado pelo lamentável espaço vazio cercado de tufos de carapinha, o homem virou um rosto duro e beligerante para ele.

"O que é que você quer, menino?"

"Hum... o senhor é Samson Fuller?"

"Quem te mandou?"

"Hum?"

"Você é o garoto da Melba?"

"Não, senhor, eu sou..." Cholly piscou. Não conseguiu lembrar o nome de sua mãe. Algum dia tinha sabido o nome dela? O que é que podia dizer? De quem ele era filho? Não podia dizer "Sou seu filho", ia soar desrespeitoso.

O homem estava impaciente.

"Alguma coisa errada com a sua cabeça? Quem te mandou me procurar?"

"Ninguém." Cholly estava suando nas mãos. Os olhos do homem o assustavam. "Eu só achei... quero dizer, eu estava só passando e, hum, o meu nome é Cholly..."

Mas Fuller tinha se virado novamente para o jogo que estava prestes a recomeçar. Inclinou-se para jogar uma nota no chão e esperou o lançamento dos dados. Quando terminou, ele se ergueu e, numa voz irritada e estridente, berrou para Cholly:

"Diz para aquela piranha que ela vai receber o dinheiro dela. Agora, some da minha frente, caralho!".

Cholly levou muito tempo para levantar o pé do chão. Tentava recuar e se afastar. Foi só com um esforço extremo que conseguiu fazer o primeiro músculo cooperar. Quando cooperou, ele fez o caminho de volta pelo beco, saiu de sua sombra para a claridade resplandecente da rua. Ao emergir para o sol, sentiu alguma coisa nas pernas ceder. Na calçada havia um engradado de laranjas, com o fundo virado para cima e uma imagem de mãos entrelaçadas no lado. Cholly sentou no engradado. O sol batia como mel em sua cabeça. Passou uma carroça de frutas, com o cocheiro entoando: "Frescas da parreira, doces como açúcar, vermelhas como vinho".

Os ruídos pareceram aumentar de volume. O clique-cloque dos saltos das mulheres, o riso de homens à toa nos desvãos de portas. Havia um bonde em algum lugar. Cholly ficou sentado. Sabia que se sentiria bem se permanecesse completamente imóvel. Mas aí a dor rodeou-lhe os olhos e ele teve que se valer de tudo para enxotá-la. Se ficasse completamente imóvel, pensou, e se mantivesse os olhos fixos numa coisa, as lágrimas não viriam. Assim, ficou sentado ao sol que gotejava mel, contraindo cada nervo e cada músculo para impedir a queda de água dos olhos. Enquanto se retesava desse jeito, concentrando cada erg de energia nos olhos, seu intestino funcionou de repente e, antes que ele pudesse se dar conta de todo, fezes líquidas escorreram-lhe pelas pernas. Na entrada do beco onde estava seu pai, sentado num engradado de laranjas ao sol, numa rua cheia de homens e mulheres adultos, ele tinha se sujado como um bebê.

Em pânico, pensou se devia ficar ali, sem se mexer, até que anoitecesse. Não. O pai certamente apareceria, ia vê-lo e dar risada. Ah, meu Deus. Como ia dar risada. Todo mundo ia dar risada. Havia só uma coisa a fazer.

Cholly saiu correndo pela rua, ciente só do silêncio. As pessoas mexiam a boca, os pés, um carro passou — mas sem som. Uma porta bateu com total ausência de som. Seus pés não faziam som. O ar parecia estrangulá-lo, retê-lo. Ele avançava através de um mundo de seiva de pinheiro invisível que ameaçava sufocá-lo. Ainda assim, correu, vendo apenas coisas silenciosas em movimento, até que chegou ao fim das construções, ao começo de espaço aberto, e viu o rio Ocmulgee coleando à sua frente. Disparou por uma ladeira de cascalho até um molhe que se projetava sobre a água rasa. Encontrando o lugar mais escuro embaixo do molhe, agachou-se atrás de um dos pilares. Permaneceu ali por muito tempo, em posição fetal, paralisado, os punhos cobrindo os olhos. Sem som, sem visão, somente escuridão, calor e a pressão dos nós dos dedos sobre as pálpebras. Até esqueceu da calça suja.

Anoiteceu. O escuro, o calor, o silêncio envolveram Cholly como a pele e a polpa de um sabugueiro protegendo suas sementes.

Cholly se mexeu. Tudo o que sentia era a dor na cabeça. Logo, como pedaços de vidro polido, os acontecimentos da tarde abriram caminho em sua memória. Primeiro viu só dinheiro em dedos negros, depois achou que estava sentado numa cadeira desconfortável, mas quando olhou, viu que era a cabeça de um homem, uma cabeça com um trecho calvo do tamanho de uma laranja. Quando finalmente esses pedaços se fundiram numa recordação completa, Cholly começou a sentir o próprio cheiro. Levantou-se e descobriu-se fraco, tremendo, tonto. Encostou-se por um momento no pilar do molhe, depois tirou a calça, a cueca, as meias e os sapatos. Esfregou punhados de terra nos sapatos; depois rastejou para a margem do rio. Teve que usar as mãos para encontrar a margem, porque não conseguia enxergar com clareza. Lentamente mergulhou a roupa na água e esfregou-a até achar que estava limpa. Voltou para junto do pilar, tirou a camisa, enrolou-a na cintura e estendeu a calça e a cueca no chão. Pôs-se de cócoras e ficou cutucando a madeira podre do molhe. De repente pensou em tia Jimmy, no saco de assa-fétida, nos quatro dentes de ouro dela e no pano roxo que usava amarrado na cabeça. Com uma saudade que quase o partiu ao meio, lembrou dela a lhe dar um pedaço de jarrete de porco defumado de seu prato. Lembrou-se de como ela segurava — desajeitada, com três dedos mas muito afeto. Sem dizer nada, simplesmente pegando um pedaço de carne e estendendo-o para ele. E depois as lágrimas lhe escorreram pelas faces, para formar um buquê sob o queixo.

Três mulheres estão debruçadas em duas janelas. Veem o pescoço comprido e pelado de um garoto novo e o chamam. Ele vai até elas. Lá dentro está escuro e quente. Dão-lhe limonada num vidro de conserva. Enquanto bebe, os olhos delas flutuam até ele através do fundo do vidro, através da água espessa e doce. Elas lhe devolvem a masculinidade, que ele recebe a esmo.

Os pedaços da vida de Cholly só poderiam ganhar coerência na cabeça de um músico. Somente quem fala a linguagem deles através do ouro de metal recurvado ou do toque de retângulos pretos e brancos e peles e cordas retesadas ecoando de corredores de madeira poderia dar uma forma autêntica à vida dele. Somente esses saberiam relacionar o coração de uma melancia com o saco de assa-fétida, as muscadínias, a lanterna no traseiro, os punhados de dinheiro, a limonada num vidro de conserva, um homem chamado Blue e chegar ao que tudo isso significava em alegria, sofrimento, raiva, amor, e dar-lhe a sua dor final e penetrante de liberdade. Somente um músico sentiria, saberia, sem mesmo saber que sabia, que Cholly estava livre. Perigosamente livre. Livre para sentir qualquer coisa — medo, culpa, vergonha, amor, pesar, pena. Livre para ser terno ou violento, para assobiar ou chorar. Livre para dormir em desvãos de portas ou entre os lençóis brancos de uma mulher cantando. Livre para arrumar um emprego, livre para deixá-lo. Podia ir para a cadeia e não se sentir na prisão, pois já tinha visto a dissimulação nos olhos do carcereiro, livre para dizer "Não, senhor" e sorrir, pois já matara três homens brancos. Livre para aceitar os insultos de uma mulher, pois seu corpo já conquistara o dela. Livre até para socá-la na cabeça, pois já embalara aquela cabeça nos braços. Livre para ser terno quando ela estivesse doente, ou limpar o chão para ela, pois ela sabia qual era a masculinidade dele e onde estava. Era livre para beber até se ver num desamparo absurdo, pois já fora trabalhador braçal, cumprira trinta dias trabalhando ao ar livre, numa leva de forçados acorrentados, e tirara a bala que uma mulher lhe metera na barriga da perna. Era livre para viver suas fantasias, e livre até para morrer, sem ter interesse algum pela maneira como morreria nem quando. Naquele dias Cholly foi realmente livre. Abandonado num monte de lixo pela mãe, rejeitado pelo pai por causa de um jogo de dados, não havia mais nada a perder. Estava sozinho com suas percepções e apetites, e só estes o interessavam.

 Foi nesse estado sublime que conheceu Pauline Williams. E foi Pauline, ou melhor, o fato de casar-se com ela, que fez por ele o que a lanterna não fizera. A imutabilidade, a ausência de variedade, o simples peso da mesmice levaram-no ao desespero e congelaram-lhe a imaginação. Ter que dormir com a mesma mulher para sempre era uma ideia curiosa e antinatural para ele; ter que encontrar entusiasmo por atos antigos e manobras rotineiras; ele se admirava com a pretensão feminina. Quando conheceu Pauline no Kentucky, ela estava debruçada numa cerca, coçando-se com um pé quebrado. Seu esmero, seu encanto, a alegria que ele despertou nela fizeram-no querer viver com ela. Ainda estava por descobrir o que destruíra aquele desejo. Mas não se detinha nisso. Antes pensava no que tinha acontecido com a curiosidade que costumava sentir. Nada, absolutamente nada o interessava agora. Nem ele mesmo, nem os outros. Só na bebida havia uma brecha, um pouco de luz, e, quando a brecha se fechava, havia o esquecimento.

Mas o aspecto da vida de casado que o estarreceu e o deixou totalmente desorientado foi o aparecimento dos filhos. Como não tinha ideia de como criar filhos e como não fora criado por pai nem mãe, não conseguia sequer compreender o que esse relacionamento devia ser. Se estivesse interessado em acumular coisas, poderia tê-los considerado como seus herdeiros materiais; se tivesse precisado provar seu valor a "outros" anônimos, poderia ter desejado que os filhos se distinguissem naquilo em que se pareciam com ele, e por sua causa. Se não estivesse sozinho no mundo desde os treze anos, conhecendo apenas uma velha moribunda que se sentia responsável por ele, mas cuja idade, sexo e interesses eram muito distantes dos seus, talvez tivesse sentido uma ligação estável com os filhos. Sendo como era, reagia a eles, e suas reações se baseavam no que ele sentisse no momento.

Foi assim, então, que numa tarde de sábado, na luz tênue da primavera, chegou em casa, cambaleando de bêbado, e viu a filha na cozinha.

Ela estava lavando louça. As costas pequenas arqueadas sobre a pia. Cholly viu-a vagamente e não saberia dizer o que viu nem o que sentiu. Aí se deu conta de que se achava desconfortável; em seguida sentiu o desconforto dissolver-se em prazer. A sequência de suas emoções foi repulsa, culpa, pena e, depois, amor. A repulsa foi uma reação à presença jovem, indefesa e desesperançada. As costas arqueadas daquele jeito; a cabeça para um lado, como que encolhida por causa de um golpe permanente e sem socorro. Por que é que ela tinha que parecer tão atormentada? Era uma criança, sem fardos, por que não era feliz? A expressão clara de seu sofrimento era uma acusação. Ele teve vontade de quebrar-lhe o pescoço — mas com ternura. A culpa e a impotência ascenderam num dueto bilioso. O que é que ele poderia fazer por ela — Dar-lhe o quê? Dizer-lhe o quê? O que é que um negro exaurido podia dizer às costas arqueadas de sua filha de onze anos? Se a olhasse no rosto, veria aqueles olhos amorosos e acossados. O acossamento o irritaria — o amor o enfureceria. Como é que ela ousava amá-lo? Não tinha bom senso algum? O que é que ele devia fazer a respeito disso? Retribuir? Como? O que é que as suas mãos calejadas podiam produzir para fazê-la sorrir? O que do seu conhecimento do mundo e da vida poderia ser útil a ela? O que é que seus braços pesados e cérebro atordoado podiam realizar para que ele ganhasse respeito por si mesmo, o que, por sua vez, permitiria que ele aceitasse o amor dela? O ódio que sentiu por ela revirou-lhe o estômago e ameaçou tornar-se vômito. Mas, pouco antes de o vômito passar de antecipação a sensação, ela mudou de posição e se apoiou num pé para coçar a barriga da perna com o dedão do outro pé. Um gesto silencioso e insignificante. As mãos dela giravam e giravam dentro de uma frigideira, removendo marcas de sujeira numa água fria e engordurada. O dedo do pé, tímido, coçando — era o que Pauline estava fazendo na primeira vez em que ele a viu no Kentucky. Debruçada sobre uma cerca, sem olhar para nada em particular. O dedão cor de creme do pé descalço coçando uma perna aveludada. Foi um gesto tão pequeno e simples, mas, na época, encheu-o de uma ternura maravilhada. Não a sensualidade habitual para separar pernas apertadas com as suas, mas uma ternura, um impulso de proteção. Um desejo de cobrir o pé dela com a mão e suavemente mordiscar a barriga da perna e aliviar a coceira. Fez isso naquela ocasião e deu um susto em Pauline, que começou a rir. Fez isso agora.

    A ternura avolumou-se, e ele se pôs de joelhos, com os olhos no pé da filha. Engatinhando até ela, levantou a mão e segurou o pé num movimento para cima. Pecola perdeu o equilíbrio e ia cair no chão. Cholly levantou a outra mão até os quadris dela para impedi-la de cair. Abaixou a cabeça e mordiscou a parte de trás da perna dela. A boca tremeu ante a doçura firme da carne. Ele fechou os olhos, afundando os dedos na cintura dela. A rigidez do corpo chocado dela, o silêncio de sua garganta atônita foram melhores do que o riso fácil de Pauline. A mistura confusa de suas lembranças de Pauline e de estar fazendo algo selvagem e proibido o excitou, e um raio de desejo disparou-lhe pelo membro, distendendo-o e amolecendo-lhe os lábios do ânus. Rodeando toda essa sensualidade havia uma orla de polidez. Ele quis fodê-la — com ternura. Mas a ternura não resistiu. A vagina era mais apertada do que ele podia aguentar. Sua alma pareceu resvalar-lhe para as entranhas e disparar para ela, e a arremetida gigantesca que fez para dentro dela provocou o único som que ela emitiu — um aspirar abafado no fundo da garganta. Como um balão de circo, perdendo ar rapidamente.

    Depois da desintegração — do dissolver-se — do desejo sexual, ele tomou consciência das mãos dela, úmidas, cheias de sabão, em seus pulsos, dos dedos apertados, mas não foi capaz de dizer se o aperto vinha de uma luta desesperada mas obstinada para se libertar ou de alguma outra emoção.

    Foi tão doloroso sair de dentro dela que ele foi rápido e arrancou o membro da enseada seca que era a vagina dela. Ela parecia ter desmaiado. Cholly se levantou e só conseguiu enxergar a calcinha acinzentada dela, tão triste e frouxa ao redor dos tornozelos. Novamente o misto de ódio e ternura. O ódio não o deixou levantá-la, a ternura obrigou-o a cobri-la.

Assim, quando voltou a si, a criança estava deitada no chão da cozinha sob um acolchoado pesado, tentando estabelecer relação entre a dor que sentia entre as pernas e o rosto da mãe assomando acima dela.

VEJAOCACHORROAU-AUFAZOCACHORROQUERBRINCAR-
QUERBRINCARCOMAJANEVEJAOCACHORROCORRERCORRACA-
CHORROCOR

Existiu certa vez um velho que amava coisas, pois o mais leve contato com pessoas lhe produzia uma náusea leve mas persistente. Ele não conseguia lembrar quando essa aversão começara, nem de não a ter tido alguma vez. Quando era pequeno, ficava muito perturbado com essa repulsa que os outros não pareciam ter, mas, como recebeu uma ótima educação, aprendeu, entre outras coisas, a palavra "misantropo". Conhecer esse rótulo deu-lhe consolo e coragem. Ele acreditava que dar nome a um mal era neutralizá-lo, quando não aniquilá-lo. Além disso, tinha lido vários livros e travado conhecimento com vários grandes misantropos ao longo dos tempos, cuja companhia espiritual o tranquilizava e lhe fornecia parâmetros para medir seus caprichos, anseios e antipatias. E, depois, ele considerava a misantropia um meio excelente de desenvolver o caráter: quando dominava a repulsa e, ocasionalmente, tocava, ajudava, aconselhava ou protegia alguém, encarava o próprio comportamento como generoso e as intenções, nobres. Quando se enfurecia com algum esforço ou falha humanos, era capaz de se ver como perspicaz, exigente e cheio de belos escrúpulos.

Como ocorre com muitos misantropos, seu desdém pelas pessoas o levou a uma profissão destinada a servi-las. Dedicava-se a um trabalho que dependia exclusivamente da sua capacidade de ganhar a confiança dos outros e no qual eram necessários relacionamentos mais íntimos. Depois de flertar com o sacerdócio na Igreja anglicana, abandonou-o para se tornar assistente social. O tempo e o infortúnio, porém, conspiraram contra ele, que finalmente se estabeleceu numa profissão que lhe dava liberdade e satisfação. Tornou-se "Leitor, Orientador e Interpretador de Sonhos". A profissão lhe convinha. Era dono do próprio tempo, a concorrência era pequena, a clientela já estava conquistada, portanto era controlável, e ele tinha inúmeras oportunidades de testemunhar a estupidez humana sem compartilhá-la nem ser comprometido por ela, e de nutrir seu espírito exigente observando a deterioração física. Sua renda era pequena, mas ele não tinha gosto pelo luxo — a experiência no seminário lhe solidificara o ascetismo natural, ao mesmo tempo que lhe desenvolvera a preferência pela solidão. O celibato era um refúgio, o silêncio um escudo.

A vida toda gostara de coisas — não a aquisição de riquezas nem de belos objetos, mas um amor autêntico por objetos usados: um bule de café que pertencera à sua mãe, o capacho desejando boas-vindas na porta de uma casa de cômodos onde ele morou em certa época, um acolchoado de uma loja do Exército de Salvação. Era como se o seu desdém pelo contato humano tivesse se convertido num desejo intenso por coisas tocadas por seres humanos. O resíduo do espírito humano em objetos inanimados era tudo o que ele podia suportar da humanidade. Contemplar, por exemplo, sinais de pegadas humanas no capacho — absorver o cheiro do acolchoado e espojar-se na agradável certeza de que muitos corpos tinham suado, dormido, sonhado, feito amor, adoecido e até morrido sob ele. Em todo lugar aonde ia, carregava suas coisas consigo, e estava sempre à procura de outras. Essa sede por coisas usadas levava ao exame casual, mas habitual, de latas de lixo em becos e lugares públicos.

No conjunto, sua personalidade era um arabesco: intricada, simétrica, equilibrada e construída com firmeza — com exceção de um defeito. O cuidadoso desenho era desfigurado ocasionalmente por desejos sexuais, raros mas fortes.

Ele poderia ter sido um homossexual ativo, mas faltou-lhe coragem. A bestialidade não lhe ocorreu, e a sodomia estava completamente fora de questão, pois ele não tinha ereções prolongadas e não podia suportar a ideia de uma ereção alheia. Além do mais, a única coisa que lhe dava mais nojo do que penetrar e acariciar uma mulher era acariciar e ser acariciado por um homem. Em todo caso, seus desejos, ainda que intensos, nunca se comprazia em contato físico. Ele abominava carne sobre carne. Cheiro de corpo, hálito lhe davam aflição. A vista de matéria seca no canto de um olho, dentes cariados ou ausentes, cera de ouvido, cravos, verrugas, bolhas, crostas na pele — todas as excreções e proteções naturais de que o corpo era capaz — o perturbavam. Assim, suas atenções foram gradualmente se detendo nos seres humanos cujos corpos eram menos ofensivos — crianças. E, dado que lhe era difícil demais confrontar a homossexualidade e dado que os meninos eram ofensivos, assustadores e teimosos, limitou ainda mais seus interesses a meninas. Elas costumavam ser controláveis e frequentemente atraentes. A sexualidade dele não era de maneira alguma libidinosa; seu gosto por meninas cheirava a inocência e, na sua cabeça, associava-se com limpeza. Ele era o que se poderia chamar de um velho muito limpo.

Um antilhano de olhos cor de canela, com a pele ligeiramente parda.

Embora seu nome de batismo estivesse impresso no letreiro na janela da cozinha e nos cartões de visita que ele distribuía, era chamado pela gente da cidade de Soaphead Church. Ninguém sabia de onde vinha o "Church"* — talvez alguém lembrasse dos seus dias de pregador convidado, um daqueles reverendos que tinham sido chamados para o sacerdócio, mas que não tinham rebanho próprio e que visitavam constantemente outras igrejas, sentando-se no altar com o pregador anfitrião. Mas todo mundo sabia o que "Soaphead" significava — o cabelo crespo e duro que ganhava brilho e ondas quando penteado com espuma de sabonete. Uma espécie de processo primitivo.

Fora criado numa família que se orgulhava de suas realizações acadêmicas e de seu sangue mestiço — este alicerçando aquelas, acreditava a família. Um certo sir Whitcomb, nobre britânico decadente, que decidiu desintegrar-se sob um sol mais reconfortante do que o da Inglaterra, introduzira o sangue branco na família no início do século XIX. Como era fidalgo por ordem do rei, agira de modo civilizado com seu bastardo mulato: dera-lhe trezentas libras esterlinas, para grande satisfação da mãe do bastardo, que achou que a fortuna lhe havia sorrido. O bastardo também se sentiu grato e passou a considerar como meta de vida a preservação da linhagem branca. Dispensou seus favores a uma garota de quinze anos de origem semelhante. Ela, como boa paródia vitoriana, aprendeu com o marido tudo o que valia a pena aprender: separar-se em corpo, mente e espírito de tudo o

---

* "Igreja" em inglês. (N. T.)

que sugerisse a África; cultivar hábitos, gostos, preferências que o sogro ausente e a sogra tola teriam aprovado.

Transferiram a anglofilia para os seis filhos e dezesseis netos. Com exceção de um ou outro rebelde irresponsável que escolheu um negro indócil, eles se casaram com gente "mais branca", clareando a pele da família e afinando-lhe os traços.

Com a confiança nascida de uma convicção de superioridade, saíram-se bem na escola. Eram laboriosos, ordeiros e cheios de energia, esperando provar para além de qualquer dúvida a hipótese de De Gobineau de que "todas as civilizações derivam da raça branca, que nenhuma pode existir sem sua ajuda e que uma sociedade é grande e brilhante apenas na medida em que preserva o sangue do grupo nobre que a criou". Assim, eles raramente eram ignorados por professores que recomendavam alunos promissores para estudar no exterior. Os homens estudaram medicina, direito, teologia, e apareciam repetidamente nos cargos do governo destituídos de poder, acessíveis à população nativa. O fato de serem corruptos na vida pública e privada, de serem devassos e lascivos, era considerado seu direito de nobres e plenamente apreciado pela maioria da população menos dotada.

Com o passar dos anos, devido ao descuido de alguns dos irmãos Whitcomb, tornou-se difícil manter a brancura, e alguns parentes distantes e outros não tão distantes casaram-se entre si. Dessas uniões imprudentes não se notaram efeitos obviamente maus, mas uma ou duas solteironas ou filhos de jardineiros perceberam em algumas das crianças um enfraquecimento das faculdades e uma disposição para a excentricidade. Algum defeito além do alcoolismo ou devassidão habituais, atribuído à consanguinidade, não aos genes originais do lorde decadente. Ainda assim, houve casos mais sérios. Não mais do que em qualquer outra família, é verdade, mas mais perigosos, por terem mais poder. Um deles foi um fanático religioso que fundou sua própria seita secreta e teve quatro filhos, um dos quais se tornou um mestre-escola conhecido pela precisão da sua justiça e pelo controle da própria violência. O mestre-escola casou-se com uma garota metade chinesa, meiga e indolente, para quem a fadiga de ter um filho foi excessiva. Ela morreu logo depois do parto. O filho, chamado Elihue Micah Whitcomb, forneceu ao mestre-escola ampla oportunidade para pôr em prática suas teorias sobre educação, disciplina e vida virtuosa. O pequeno Elihue aprendeu bem tudo o que precisava saber, particularmente a bela arte do autoengano. Lia de forma ávida, mas compreendia seletivamente, escolhendo os fragmentos das ideias de outros homens que respaldassem a predileção que ele pudesse ter no momento. Assim, optou por lembrar de Hamlet maltratando Ofélia, mas não do amor de Cristo por Maria Madalena; da política leviana de Hamlet, mas não da anarquia séria de Cristo. Notou a acidez de Gibbon, mas não sua tolerância; o amor de Otelo pela bela Desdêmona, mas não o amor pervertido de Iago por Otelo. A obra que mais admirava era a de Dante; a que mais desprezava, a de Dostoievski. Foi exposto às melhores mentes do mundo ocidental, mas só se deixou tocar pela interpretação mais estreita. Reagiu à violência controlada do pai desenvolvendo hábitos sólidos e uma imaginação tenra. Um ódio e um fascínio por qualquer indício de desordem ou decadência.

Aos dezessete anos, porém, conheceu sua Beatriz, três anos mais velha. Uma garota adorável, risonha, de pernas compridas, que trabalhava como secretária numa loja de departamentos chinesa. Velma. Eram tão fortes seu afeto e entusiasmo pela vida, que Velma não excluiu dela o frágil e doentio Elihue. Achou tocantes a rabugice e a completa ausência de humor dele e quis apresentá-lo à ideia do prazer. Ele resistiu a isso, mas ela casou com ele assim mesmo, só para descobrir que ele sofria e gozava de uma melancolia insuperável. Quando descobriu, dois meses depois de casada, como essa melancolia era importante para ele, que ele estava muito interessado em transformar-lhe a alegria num abatimento mais acadêmico e que, para ele, fazer amor equiparava-se a comunhão e Santo Graal, ela simplesmente foi embora. Não vivera todos aqueles anos à beira-mar, não ouvira as canções do homem do atracadouro todo aquele tempo, para passar a vida na caverna sem som da mente de Elihue.

    Ele nunca se refez do abandono. Ela teria sido a resposta à sua pergunta não formulada e não admitida: onde estava a vida para contrabalançar a não vida usurpadora? Velma ia resgatá--lo da não vida que ele aprendera sob o cinto do pai. Mas ele lhe opôs resistência com tanta habilidade que ela finalmente foi levada a escapar do tédio inevitável produzido por uma vida tão caprichosa.

    O jovem Elihue foi salvo de uma visível desintegração pela mão firme do pai, que o lembrou da reputação da família e da reputação questionável de Velma. Dedicou-se aos estudos com mais energia do que antes e, finalmente, decidiu ingressar no sacerdócio. Ao ser informado de que não tinha vocação, deixou a ilha e foi para os Estados Unidos estudar psiquiatria, uma área então engatinhando. Mas o tema exigia verdade demais, confrontos demais, e oferecia muito pouco apoio a um ego combalido. Ele deixou-se levar para a sociologia, depois para a fisioterapia. Essa educação diversificada se prolongou por seis anos, ao fim dos quais o pai se recusou a continuar sustentando-o até que ele se "achasse". Elihue, sem saber para onde olhar, teve que se valer por si e "achou-se" completamente incapaz de ganhar dinheiro. Começou a submergir num refinamento que rapidamente se desgastou, pontilhado por alguns poucos empregos de colarinho-branco disponíveis a negros nos Estados Unidos, apesar de seu sangue nobre: escriturário num hotel para gente de cor em Chicago, agente de seguros, caixeiro-viajante para uma firma de cosméticos que vendia para negros. Por fim, em 1931, instalou-se em Lorain, Ohio, impingindo-se como sacerdote e inspirando admiração com o inglês que falava. As mulheres da cidade logo descobriram que era solteiro e, como não conseguiram entender por que ele as rejeitava, decidiram que ele era sobrenatural em vez de antinatural.

Assim que compreendeu a decisão a que elas haviam chegado, ele rapidamente aproveitou a oportunidade, aceitou o nome (Soaphead Church) e o papel que lhe atribuíram. Alugou uma espécie de apartamento de fundos de uma velha profundamente religiosa chamada Bertha Reese, asseada, silenciosa e quase completamente surda. A acomodação era ideal em todos os sentidos, menos num. Bertha Reese tinha um cachorro velho, Bob, que, embora surdo e silencioso como ela, não era tão asseado. Passava a maior parte do dia dormindo no alpendre dos fundos, que era a entrada de Elihue. O cão era velho demais para ter qualquer utilidade, e Bertha Reese não tinha forças nem presença de espírito para cuidar dele adequadamente. Dava-lhe comida, água e deixava-o em paz. O cachorro era sarnento; de seus olhos exaustos corria uma substância verde-mar em torno da qual se amontoavam moscas e mosquitos. Soaphead sentia-se enojado com Bob e queria que ele morresse logo. Considerava humanitário esse desejo pela morte do cão, pois, como dizia a si próprio, não tolerava ver coisa alguma sofrendo. Não lhe ocorreu que, na verdade, estava preocupado com seu próprio sofrimento, pois o cachorro tinha se adaptado à fragilidade e à velhice. Soaphead finalmente resolveu pôr um fim às penas do animal e comprou veneno para fazer isso. Foi só o horror de chegar perto dele que o impediu de completar a missão. Ficou esperando que a raiva ou uma repulsa ofuscante o movesse.

Vivendo ali entre suas coisas usadas, levantando-se cedo

todas as manhãs depois de um sono sem sonhos, ele orientava aqueles que buscavam seus conselhos.

Seu negócio era o pavor. As pessoas iam até ele apavoradas, sussurravam apavoradas, choravam e rogavam apavoradas. E pavor era o que ele aconselhava.

Encontravam sozinhas o caminho até sua porta, cada uma envolta numa mortalha costurada com raiva, anseios, orgulho, vingança, solidão, infelicidade, derrota e fome. Pediam as coisas mais simples: amor, saúde e dinheiro. Faça que ele me ame. Diga-me o que esse sonho significa. Ajude-me a me livrar dessa mulher. Faça minha mãe me devolver minha roupa. Faça minha mão esquerda parar de tremer. Afaste o fantasma do meu bebê de cima do fogão. Tire Fulano do apuro em que ele está. Ele lidava com todos esses pedidos. Seu ofício era fazer o que lhe solicitavam — não sugerir que um pedido talvez fosse injusto, cruel ou irrealizável.

Com encontros apenas ocasionais e cada vez mais raros com as garotinhas que conseguia convencer a se deixar entreter, ele vivia pacatamente entre suas coisas, sem remorsos. Tinha consciência, é claro, de que havia alguma coisa errada em sua vida, e em todas as vidas, mas punha o problema no lugar que lhe cabia, aos pés do Criador da Vida. Acreditava que, por serem disseminados, decadência, vício, imundície e desordem deviam estar na Natureza das Coisas. O mal existia porque Deus o criara. Ele, Deus, cometera um erro de julgamento desleixado e imperdoável: fizera um universo imperfeito. Os teólogos justificavam a presença da corrupção como um meio de os homens se esforçarem, serem testados e triunfar. Um triunfo de ordem cósmica. Mas essa ordem, a ordem de Dante, estava na separação e segregação disciplinadas de todos os níveis do mal e da decadência. No mundo, não era assim. As mulheres mais belas sentavam no banheiro e as de aparência mais pavorosa tinham anseios puros e sagrados. Deus fizera um mau trabalho e Soaphead desconfiava que ele próprio poderia ter feito coisa melhor. Na verdade, era uma pena que o Criador não lhe tivesse pedido conselho.

Soaphead refletia mais uma vez sobre essas ideias no final de uma tarde quente quando ouviu uma batida na porta. Abriu e viu uma menina que ele não conhecia. Devia ter uns doze anos e era deploravelmente feia. Quando lhe perguntou o que queria, ela não respondeu, mas estendeu-lhe um dos cartões em que ele anunciava seus talentos e serviços: "Se você está sobrecarregado por problemas e circunstâncias que não são naturais, eu posso removê-los; Supere Feitiços, Azar e Influências Malignas. Lembre, sou um Espiritualista e Vidente autêntico, nascido com poderes, e vou ajudá-lo. Satisfação numa única visita. Durante muitos anos de prática, uni muitos em casamento e reuni muitos que estavam separados. Se você está infeliz, desanimado ou em apuros, eu posso ajudar. A má sorte o persegue? A pessoa que você ama mudou? Eu posso lhe dizer por quê. Eu lhe direi quem são os seus inimigos e os seus amigos, e se a pessoa que você ama é sincera ou falsa. Se você está doente, posso lhe mostrar o caminho para a saúde. Eu localizo objetos perdidos e roubados. Satisfação garantida".

Soaphead Church a mandou entrar.

"O que é que eu posso fazer por você, minha criança?"

Ela ficou ali parada, com as mãos cruzadas sobre o estômago, uma barriguinha um pouco saliente. "Talvez. Talvez o senhor possa fazer."

"Fazer o quê?"

"Eu não posso mais ir para a escola. E achei que o senhor talvez pudesse me ajudar."

"Ajudar como? Diga, não tenha medo."

"Os meus olhos."

"O que é que têm os seus olhos?"

"Eu quero que eles sejam azuis."

Soaphead franziu os lábios e tocou com a língua uma obturação de ouro. Aquele era o pedido mais fantástico e, ao mesmo tempo, mais lógico que já lhe tinham feito. Ali estava uma menina feia pedindo beleza. Uma onda de amor e compreensão o invadiu, logo substituída por raiva. Raiva de não poder ajudá-la. De todos os desejos que já lhe tinham trazido — dinheiro, amor, vingança —, aquele lhe pareceu o mais comovente e merecedor de realização. Uma menina negra que desejava alçar-se para fora do fosso de sua negritude e ver o mundo com olhos azuis. Sua indignação aumentou e teve gosto de poder. Pela primeira vez ele sentiu, honestamente, vontade de ser capaz de fazer milagres. Nunca quisera de fato o poder verdadeiro e sagrado — só o poder de fazer os outros acreditarem que ele o tinha. Parecia tão triste, tão tolo, que a mera mortalidade, não o discernimento, o negasse a ele. Ou será que negava?

Com uma mão trêmula, fez um sinal da cruz sobre ela. Sentiu arrepios; naquele quartinho quente e escuro, cheio de coisas usadas, ele gelou.

"Não posso fazer nada por você, minha criança. Não faço magia. Só trabalho através do Senhor. Ele às vezes me utiliza para ajudar as pessoas. Tudo que posso fazer é me oferecer a Ele, como o instrumento através do qual Ele trabalha. Se Ele quiser que seu desejo seja atendido, Ele o fará."

Soaphead foi até a janela, de costas para a menina. Sua mente disparava, tropeçava e disparava de novo. Como formular a próxima frase? Como manter a sensação de poder? Seus olhos deram com o velho Bob dormindo no alpendre.

"Temos que fazer, ahn, uma oferenda, quer dizer, um contato com a natureza. Talvez alguma criatura simples possa ser o veículo através do qual Ele fale. Vamos ver."

Ajoelhou-se diante da janela e moveu os lábios. Depois do

que pareceu um período adequado, levantou-se e foi até a geladeira, perto da outra janela. Dali tirou um embrulho pequeno, em papel rosado de açougueiro. Pegou um vidrinho marrom numa prateleira e borrifou um pouco do seu conteúdo na substância dentro do papel. Pôs o embrulho parcialmente aberto sobre a mesa.

"Pegue esta comida e dê à criatura que está dormindo no alpendre. E cuide para que ele coma tudo. Preste atenção no comportamento dele. Se nada acontecer, você saberá que Deus recusou seu pedido. Se o animal se comportar de modo estranho, seu desejo será atendido dentro de um dia."

A menina pegou o embrulho; o cheiro da carne escura e pegajosa lhe deu ânsias de vômito. Ela pôs uma mão sobre o estômago.

"Coragem. Coragem, minha criança. Essas coisas não são concedidas aos medrosos."

Ela assentiu com a cabeça e engoliu, segurando o vômito. Soaphead abriu a porta e ela avançou para a soleira.

"Adeus, e Deus a abençoe", disse, e fechou rapidamente a porta. Pôs-se à janela, observando-a, as sobrancelhas franzidas em ondas de compaixão, a língua acariciando o ouro gasto no maxilar superior. Viu a menina curvar-se para o cão adormecido, que, ao toque dela, abriu um olho líquido, recoberto nos cantos com o que parecia cola verde. Ela estendeu a mão e tocou a cabeça do cão, alisando-o suavemente. Colocou a carne no piso do alpendre, perto do focinho dele. O odor o despertou; ele ergueu a cabeça e depois o corpo para sentir melhor o cheiro. Comeu em três ou quatro bocados. A menina tornou a afagar-lhe a cabeça e o cão fitou-a com suaves olhos triangulares. De repente, tossiu, a tosse de um velho catarrento — e se pôs de pé. A menina deu um pulo. O cão fez que ia vomitar, a boca mastigando o ar, e caiu. Tentou se levantar, não conseguiu, tentou de novo e meio que caiu da escada. Sufocando, tropeçando, moveu-se pelo pátio como um brinquedo quebrado. A menina estava de boca aberta, com uma pequena pétala de língua para fora. Fez um gesto vago, a esmo, com uma mão, depois cobriu a boca com as duas mãos. Estava tentando não vomitar. O cão caiu novamente, um espasmo a sacudir-lhe o corpo. Depois ficou imóvel. A menina, tapando a boca com as mãos, recuou alguns passos, virou-se e saiu correndo do quintal para a calçada.

Soaphead Church foi até a mesa. Sentou-se, com as mãos fechadas, balançando a testa apoiada nos polegares. Levantou-se e foi até um minúsculo criado-mudo com uma gaveta, de onde tirou papel e uma caneta-tinteiro. Na mesma prateleira onde estava o veneno havia um tinteiro. Com essas coisas, sentou novamente à mesa. Lenta e cuidadosamente, saboreando sua caligrafia, escreveu a seguinte carta:

PARA: AQUELE QUE ENOBRECEU GRANDEMENTE A NATUREZA HUMANA AO CRIÁ-LA

Caro Deus,

A finalidade desta carta é pô-lo a par de fatos que lhe escaparam à atenção ou que o Senhor decidiu ignorar.

Houve época em que eu vivia, inexperiente e jovem, numa de suas ilhas. Uma ilha do arquipélago no Atlântico Sul, entre a América do Norte e a do Sul, circundando o mar do Caribe e o golfo do México, que é dividido em Grandes Antilhas, Pequenas Antilhas e ilhas Bahamas. Não, veja bem, as colônias das ilhas de Barlavento ou das ilhas de Sotavento, mas dentro, é claro, das maiores das duas Antilhas (embora a exatidão da minha prosa possa, às vezes, ser laboriosa, é necessário que eu me identifique com clareza para o Senhor).

Bem.

Nós, nessa colônia, assumimos as características mais dramáticas e óbvias dos nossos senhores brancos, que eram, naturalmente, as piores que eles tinham. Para conservar a identidade de nossa raça, agarramo-nos às características mais gratificantes e menos espinhosas de manter. Consequentemente, não éramos nobres, mas esnobes; não éramos aristocratas, mas gente com consciência de classe; acreditávamos que autoridade era crueldade para com nossos inferiores e que instrução era estar na escola. Confundíamos violência com paixão, indolência com lazer, e pensávamos que imprudência fosse liberdade. Criávamos nossos filhos e cultivávamos nossas plantações; deixávamos as crianças crescer e a propriedade se desenvolver. Nossa masculinidade era definida por aquisições. Nossa feminilidade, pela aquiescência. E o cheiro do Seu fruto e o trabalho dos Seus dias, Senhor, nós abominávamos.

Esta manhã, antes da chegada da menina negra, eu chorei — por Velma. Oh, não alto. Não existe vento para carregar, levar ou mesmo se recusar a levar um som tão pesado de pesares. Mas, do meu jeito próprio, só e silencioso, eu chorei — por Velma. O Senhor precisa saber sobre Velma para compreender o que fiz hoje.

Ela (Velma) me deixou da maneira como as pessoas deixam um quarto de hotel. Um quarto de hotel é um lugar para se estar quando se está fazendo alguma outra coisa. Em si mesmo, não tem importância alguma para o intuito principal de uma pessoa. Um quarto de hotel é conveniente. Mas sua conveniência é limitada pelo tempo em que se precisa dele, enquanto se está em determinada cidade, tratando de determinado negócio; espera-se que seja confortável, mas prefere-se que seja anônimo. Afinal de contas, não é o lugar onde se *vive*.

Quando não se precisa mais dele, paga-se alguma coisa pelo seu uso, diz-se "Obrigado" e, encerrado o negócio na cidade, vai-se embora do quarto. Alguém lamenta deixar um quarto de hotel? Alguém, que tenha um lar, um lar de verdade em algum lugar, quer ficar ali? Alguém se lembra com afeto, ou mesmo com aversão, de um quarto de hotel depois de deixá-lo? Só se pode amar ou desprezar a *vida* que se tenha vivido naquele quarto. Mas do quarto mesmo? Leva-se um suvenir. Não, ah, não para lembrar do quarto. Mas para lembrar, sim, do momento e do lugar do negócio, da aventura. O que é que alguém pode sentir por um quarto de hotel? Não se sente por um quarto de hotel mais do que se espera que um quarto de hotel sinta por seu ocupante.

Foi assim, Pai celestial, que ela me deixou; ou melhor, ela nunca me deixou, porque nunca esteve lá.

O Senhor se lembra, não é, de como e do que somos feitos? Deixe que lhe fale agora sobre os seios de meninas. Peço desculpas pela impropriedade (é isso?), o desequilíbrio de amá-las em momentos embaraçosos do dia e em lugares embaraçosos, e pela deselegância de amar as que pertenciam a membros de minha família. Devo pedir desculpas por amar as estranhas?

Mas também aqui o Senhor errou, Deus. Como e por que o Senhor permitiu que acontecesse? Como foi que pude erguer os olhos da contemplação do Seu Corpo e cair profundamente na contemplação do delas? Os botões. Os botões em algumas daquelas arvorezinhas. Eram malvados, sabe, malvados e tenros. Botõezinhos malvados resistindo ao toque, saltando como borracha. Mas agressivos. Desafiando-me a tocar. Mandando-me tocar. Nem um pouco tímidos, como seria de supor. Eles se salientavam para mim, ah, sim, para mim. Garotinhas de peito delgado como um dedo. Já os viu, Senhor? Quero dizer, viu realmente? Não dá para vê-los e não amá-los. O Senhor, que os fez, deve tê-los considerado adoráveis mesmo como ideia — quão mais adoráveis é a manifestação dessa ideia. Conforme o Senhor deve lembrar, eu não conseguia manter as mãos, a boca longe deles. Sal e açúcar. Como morangos não de todo maduros, cobertos com o leve suor salgado de dias passados a correr e de horas a pular e saltar.

O amor a eles — o toque, o gosto e a sensação deles — não era apenas um vício humano fácil e lascivo; eram, para mim, Uma Coisa Para Fazer Em Lugar De. Em lugar do Papai, em lugar da Batina, em lugar da Velma, e eu *decidi* não passar sem eles. Mas não ingressei na Igreja. Pelo menos não fiz isso. Com relação ao que fiz? Eu disse às pessoas que sabia tudo sobre o Senhor. Que eu tinha recebido os Seus Poderes. Não foi uma *mentira* completa; mas foi uma mentira *completa*. Reconheço que nunca deveria ter recebido o dinheiro deles em troca de mentiras bem fraseadas, bem colocadas, bem-feitas. Mas veja que eu odiava isso. Em nenhum momento gostei das mentiras ou do dinheiro.

Mas considere: a mulher que deixou o quarto de hotel.

Considere: a inexperiência, o ponto culminante no arquipélago.

Considere: os olhos esperançosos delas, superados somente por seus seios promissores.

Considere: como eu precisava de um mal confortável para me impedir de saber o que eu não suportaria saber.

Considere: como eu odiava e desprezava o dinheiro.

E agora considere: não pelos meus méritos, mas pela *minha* mercê, a menina negra que veio me enlouquecer hoje. Diga-me, Senhor, como pôde deixar uma menina desamparada por tanto tempo assim, a ponto de ela encontrar o caminho para chegar a mim? Como foi que o Senhor pôde? Eu choro pelo Senhor. E é porque choro pelo Senhor que tive que fazer a Sua obra em Seu lugar.

Sabe para que ela veio? Olhos azuis. Olhos novos e azuis, ela disse. Como se estivesse comprando sapatos. "Eu gostaria de um par de olhos novos azuis." Ela deve ter-Lhe pedido esses olhos durante muito tempo e o Senhor não respondeu. (Um hábito, eu poderia ter dito a ela, um hábito muito antigo, quebrado por Jó — mas só.) Ela veio pedi-los *a mim*. Trouxe um dos meus cartões. (Cartão anexo.) A propósito, eu incluí o Micah — Elihue Micah Whitcomb. Mas me chamam de Soaphead Church. Não lembro como nem por que ganhei o nome. O que é, num nome, que o torna mais uma pessoa do que outro? O nome é a realidade, então? E a pessoa, apenas o que o seu nome diz? Foi por isso que, quando Moisés Lhe fez a mais simples e cordial das perguntas — "Qual é o seu nome?" —, o Senhor não disse e respondeu: "Eu sou quem sou"? Teve medo, foi, de dizer Seu nome? Medo de que, conhecendo Seu nome, O conhecessem? E depois, de que não O temessem? Não há problema. Não se irrite. Não tenho a intenção de ofender. Eu entendo. Também tenho sido um mau homem, e infeliz. Mas um dia *eu* vou morrer. Sempre fui muito generoso. Por que é que tenho que morrer? As meninas. As meninas são a única coisa de que sentirei saudade. Sabe que, quando tocava os peitinhos firmes delas e os mordia — só um pouco —, eu achava que estava sendo afetuoso? Não tinha vontade de beijá-las na boca, dormir com elas nem de me casar com uma criança. Sentia-me travesso e afetuoso. Não era como os jornais disseram. Não era como as pessoas cochichavam. E elas não se importavam de maneira alguma. De maneira alguma. Lembra-se de quantas voltaram? Ninguém nem tentou compreender isso. Se eu as tivesse machucado, elas teriam voltado? Duas delas, Doreen e Sugar Babe, vinham juntas. Eu lhes dava balas, dinheiro, e elas tomavam sorvete com as pernas abertas enquanto eu brincava com elas. Era como uma festa. E não havia maldade, não havia nenhuma indecência, não havia nenhum cheiro, não havia nenhum gemido — só as risadas claras e inocentes das meninas e minhas. E não havia nenhum olhar — nenhum olhar longo e gozado —, nenhum olhar longo e gozado, como o de Velma depois. Nenhum olhar que faça a gente se sentir sujo depois. Que faça a gente querer morrer. Com meninas é tudo limpo, bom e afetuoso.

O Senhor tem que entender isso, Deus. O Senhor disse: "Deixai vir a mim as crianças e não as impeçais". Esqueceu? Esqueceu as crianças? Sim. Esqueceu. Deixa que elas sofram privações, que se sentem no acostamento de estradas chorando ao lado da mãe morta. Eu as vi queimadas, mancas, aleijadas. O Senhor esqueceu, Deus. Esqueceu de como e quando ser Deus.

Foi por isso que mudei os olhos da menina negra para ela, e não a toquei; não encostei um dedo nela. Mas dei-lhe os olhos azuis que ela queria. Não por prazer nem por dinheiro. Fiz o que o Senhor não fez, não pôde, não quis fazer: olhei aquela menina negra e feia e amei-a. Fiz o Seu papel. E foi um belo espetáculo!

Eu, eu fiz um milagre. Eu lhe dei os olhos. Eu lhe dei os olhos, dois olhos azuis, azuis. Azul-cobalto. Uma nesga do Seu firmamento azul. Mais ninguém verá os olhos azuis dela. Mas *ela* verá. E viverá feliz para sempre. Eu, eu considerei adequado e correto fazer isso.

Agora o Senhor está com inveja. Está com inveja de mim.

Está vendo? Também eu criei. Não do nada, como o Senhor, mas a criação é um vinho inebriante, mais para quem o prova do que para quem o faz.

Tendo, portanto, sorvido, por assim dizer, do néctar, não tenho medo do Senhor, da Morte, nem mesmo da Vida, e está tudo bem em relação a Velma; está tudo bem em relação a papai; está tudo bem em relação às Antilhas Maiores e às Menores. Tudo muito bem. Muito bem.

Com as minhas cordiais saudações,
Atenciosamente,
Elihue Micah Whitcomb

Soaphead Church dobrou as folhas de papel em três partes iguais e colocou-as num envelope. Ele não tinha lacre, mas ficou com muita vontade de ter. Tirou uma caixa de charutos de sob a cama e remexeu nela. Estavam ali algumas de suas coisas mais preciosas: uma lasca de jade que tinha caído de uma abotoadura num hotel em Chicago; um pingente de ouro na forma de Y, com um pedaço de coral, que pertencera à mãe que ele não conhecera; quatro grampos de cabelo que Velma deixara na beirada da pia do banheiro; uma fita de gorgorão azul da cabeça de uma garotinha chamada Precious Jewel; a torneira enegrecida da pia de uma cela de prisão em Cincinnati; duas bolinhas de gude que encontrara embaixo de um banco no parque Morningside num dia de primavera muito bonito; um catálogo antigo de Lucky Hart, que ainda cheirava a pó facial castanho e café e a creme evanescente de limão. Distraído com suas coisas, esqueceu o que estava procurando. O esforço para lembrar foi grande demais; sentiu um zumbido na cabeça e foi dominado por uma onda de fadiga. Fechou a caixa, acomodou-se na cama e deslizou para um sono de marfim do qual não conseguiu ouvir os gritinhos da velha que tinha saído da sua loja de doces e encontrado a carcaça imóvel de um cachorro velho chamado Bob.

VERÃO

Basta que eu transpasse a firmeza de um morango para ver o verão — sua poeira e o céu baixo. Para mim, continua sendo a estação das tempestades. Na minha mente, os dias ressecados e as noites pegajosas não se distinguem, porém as tempestades, as tempestades violentas e repentinas, me assustavam e refrescavam. Mas minha memória é vaga: lembro de uma tempestade de verão na cidade onde morávamos e imagino um verão que minha mãe conheceu em 1929. Naquele ano, contava ela, um furacão destruiu metade da zona sul de Lorain. Misturo o verão dela com o meu. Mordendo o morango, pensando em tempestades, eu a vejo. Uma garota esbelta num vestido de crepe cor-de-rosa. Uma mão na cintura, a outra repousada sobre a coxa — esperando. O vento se lança sobre ela, ergue-a acima das casas, e ela continua parada, mão na cintura. Sorrindo. A expectativa e a promessa na sua mão em repouso não são alteradas pelo holocausto. No furacão do verão de 1929, a mão de minha mãe não desaparece. Ela é forte, sorridente e descontraída, enquanto o mundo vem abaixo a seu redor. Quanto à memória, isso é tudo. O fato público torna-se realidade particular, e as estações de uma cidade do Meio-Oeste se tornam a moira de nossas vidinhas.

O verão já estava bem quente quando Frieda e eu ganhamos nossas sementes. Esperávamos desde abril pelo embrulho mágico contendo os pacotes e pacotes de sementes que venderíamos por cinco centavos cada um, o que nos daria direito a uma bicicleta nova. Acreditamos nisso e passávamos a maior parte de cada dia andando pela cidade, vendendo as sementes. Embora mamãe nos tivesse restringido às casas das pessoas que ela conhecia ou aos bairros com que estávamos familiarizadas, batíamos em todas as portas, entrávamos e saíamos de cada casa que se abria para nós: casas de doze aposentos que abrigavam meia dúzia de famílias, cheirando a gordura e urina; casas de madeira minúsculas, de quatro aposentos, enfiadas no meio das moitas perto dos trilhos da ferrovia; os lugares de cima — apartamentos sobre peixarias, açougues, lojas de móveis, bares, restaurantes; casas de tijolos arrumadinhas, com carpetes floridos e tigelas de vidro com bordas pregueadas.

Durante aquele verão em que vendemos sementes, pensávamos no dinheiro, pensávamos nas sementes e ouvíamos só com meio ouvido o que as pessoas diziam. Nas casas de pessoas que nos conheciam, éramos convidadas a entrar e sentar, e nos davam água gelada ou limonada. Enquanto estávamos sentadas lá, tomando nosso refresco, as pessoas continuavam conversando ou cuidando de suas tarefas. Pouco a pouco começamos a compor uma história, uma história secreta, terrível, medonha. E foi só depois de duas ou três dessas conversas vagamente entreouvidas que nos demos conta de que a história se referia a Pecola. Colocados nos devidos lugares, os fragmentos das conversas ficavam assim:

"Você soube daquela menina?"

"O quê? Grávida?"

"É. Mas adivinha de quem."

"De quem? Eu não conheço todos esses garotos que andam por aí."

"Pois é. Não foi um garoto. Dizem que foi o Cholly."

"Cholly? O pai dela?"

"Hum-hum."

"Deus tenha piedade. Negro sujo!"

"Lembra daquela vez em que ele tentou botar fogo em todo mundo? Naquela ocasião percebi que ele era completamente louco."

"O que é que ela vai fazer? A mãe?"

"Continuar como sempre, acho. Ele sumiu."

"O condado não vai deixar ela ficar com o bebê, vai?"

"Não sei."

"Olha, nenhum dos Breedlove parece bom da cabeça. Aquele menino está sempre fugindo de casa e a menina sempre foi meio boba."

"Ninguém sabe nada sobre eles. De onde vieram nem coisa alguma. Parece que eles não têm nenhum parente."

"Por que será que ele fez uma coisa dessas?"

"Não tenho a menor ideia. De maldade."

"Deviam tirar ela da escola."

"Deviam. Afinal, ela é um pouco culpada também."

"Ah, que é isso! Ela só tem doze anos."

"É, mas nunca se sabe. Por que foi que ela não reagiu?"

"Talvez tenha reagido."

"É? Nunca se sabe."

"Bom, o bebê talvez nem sobreviva. Dizem que a mãe bateu tanto nela que ela tem sorte de ainda estar viva."

"Sorte dela se o bebê não sobreviver. Ia ser a coisa mais feia do mundo andando por aí."

"Ia ser mesmo. Deviam fazer uma lei. Duas pessoas feias se reproduzindo para fazer mais gente feia. Melhor enterrado mesmo."

"Bom, eu não me preocuparia. Vai ser um milagre se a criança sobreviver."

Nosso espanto durou pouco, pois cedeu lugar a uma curiosa espécie de vergonha defensiva; ficamos embaraçadas por Pecola, magoadas por ela e, finalmente, só com pena dela. A pena expulsou todos os pensamentos sobre a bicicleta nova. E acredito que nossa pena era mais intensa pelo fato de mais ninguém parecer compartilhá-la. Estava todo mundo revoltado, chocado, indignado, achando a história divertida, ou até excitado com ela. Ficávamos atentas a alguém que dissesse "Coitadinha dessa menina" ou "Pobrezinha", mas havia apenas um balançar de cabeça no lugar onde essas palavras deveriam estar. Procurávamos olhos vincados de preocupação, mas víamos somente olhos velados.

Eu pensava no bebê que todo mundo queria que morresse e o via com muita clareza. Estava num lugar escuro, úmido, a cabeça coberta de rodelas de carapinha, o rosto negro com dois límpidos olhos negros, redondinhos como moedas de cinco centavos, narinas abertas, grossos lábios de beijo, e a pele negra sedosa, viva, respirando. Não havia cabelo loiro sintético suspenso acima de olhos azuis de bola de gude, não havia nariz afilado nem boca em arco. Mais do que afeto por Pecola, eu sentia intensamente a necessidade de que alguém quisesse que o bebê negro vivesse — só para contrabalançar o amor universal por Baby Dolls brancas, Shirley Temples e Maureen Peals. E Frieda devia sentir a mesma coisa. Não pensávamos no fato de Pecola não ser casada; muitas garotas tinham bebês e não eram casadas. E também não nos detínhamos no fato de o pai do bebê ser o pai de Pecola. Não compreendíamos o processo de se ter um bebê de um homem — ela, pelo menos, conhecia seu pai.

Pensávamos apenas naquele ódio esmagador ao bebê não nascido. Lembrávamos da sra. Breedlove derrubando Pecola no chão e acalmando o choro rosado da garotinha-boneca que soava como a porta da nossa geladeira. Lembrávamos dos olhos submissos das crianças da escola sob o olhar da Torta de Merengue e dos olhos das mesmas crianças quando fitavam Pecola. Ou talvez não lembrássemos; simplesmente sabíamos. Desde sempre tínhamos nos defendido contra tudo e contra todos; considerávamos toda fala um código a ser rompido por nós; e todos os gestos eram submetidos a uma análise cuidadosa. Tínhamos nos tornado teimosas, ardilosas e arrogantes. Ninguém prestava atenção alguma em nós, por isso prestávamos muita atenção em nós mesmas. Não conhecíamos nossas limitações — não na época. Nossa única desvantagem era nosso tamanho; as pessoas nos davam ordens porque eram maiores e mais fortes. Assim, foi com confiança, reforçada por piedade e orgulho, que decidimos mudar o curso dos acontecimentos e alterar uma vida humana.

"O que é que a gente vai fazer, Frieda?"

"O que é que a gente pode fazer? A senhorita Johnson disse que vai ser um milagre se o bebê sobreviver."

"Então vamos fazer um milagre."

"Sei, mas como?"

"A gente podia rezar."

"Isso não basta. Lembra daquela vez com o passarinho?"

"Aquilo foi diferente. O passarinho já estava meio morto quando a gente achou ele."

"Não interessa. Eu ainda acho que a gente tem que fazer alguma coisa bem forte desta vez."

"Vamos pedir a Deus que ajude o bebê de Pecola a viver e prometer que vamos ser boazinhas durante um mês inteiro."

"Está bem. Mas é melhor a gente renunciar a alguma coisa, para que Ele saiba que desta vez estamos falando sério."

"Renunciar a quê? A gente não tem nada. Nada, a não ser o dinheiro das sementes, dois dólares."

"Podíamos renunciar a isso. Ou então, sabe o quê? A gente podia desistir da bicicleta. Enterrar o dinheiro e... plantar as sementes."

"O dinheiro todo?"

"Claudia, você quer fazer ou não quer?"

"Está bem, eu só pensei que... Está bem."

"Desta vez a gente tem que fazer *direito*. Vamos enterrar o dinheiro perto da casa dela para que a gente não possa voltar e desenterrar, e vamos plantar as sementes atrás da nossa casa, para que a gente possa cuidar delas. E quando elas brotarem a gente vai saber que deu tudo certo. Está bem?"

"Está bem. Mas desta vez eu canto. Você diz as palavras mágicas."

OLHEOLHEAÍVEMUMAMIGOOAMIGOVAIBRINCARCOMAJA-
NEELESVÃOJOGARUMJOGOGOSTOSOBRINQUEJANEBRINQUE

Quantas vezes por minuto você vai olhar nessa coisa velha?
Fazia um tempão que eu não olhava.
Não fazia, não...
E daí? Eu posso olhar, se quiser.
Eu não disse que você não podia. Só não sei por que você tem que olhar a cada minuto. Eles não vão sair daí.
Eu sei. É só que eu gosto de olhar.
Está com medo de que eles vão embora?
Claro que não. Como é que poderiam ir embora?
Os outros foram.
Não foram embora. Mudaram.
Ir embora. Mudar. Qual é a diferença?

Muita. O senhor Soaphead disse que eles iam durar para sempre.

Para todo o sempre, amém?

É, se você quer saber.

Você não precisa ser tão espertinha quando fala comigo.

Não estou sendo espertinha. Foi você que começou.

Eu gostaria de fazer outra coisa além de ficar vendo você se olhar nesse espelho.

Você só está com inveja.

Não estou.

Está. Você queria ter iguais.

Ha. Como é que eu ficaria com olhos azuis?

Não muito bem.

Se você vai continuar desse jeito, é melhor eu sair sozinha.

Não. Não vá. O que é que você quer fazer?

A gente podia ir brincar lá fora.

Mas está calor demais.

Você pode levar o seu espelho velho. Põe no bolso do casaco e pode se olhar enquanto anda pela rua.

Puxa! Eu nunca teria imaginado que você ia ficar com tanta inveja.

Ah, vamos!

Está sim.

O quê?

Com inveja.

Está bem. Então estou com inveja.

Está vendo? Eu disse.

Não. Fui eu que disse.

Eles são bonitos mesmo?

São. Muito bonitos.

Só "muito bonitos"?

Realmente, honestamente, muito bonitos.

Realmente, honestamente, azulmente bonitos?
Ah, meu Deus, você é doida.
Não sou!
Eu não quis dizer desse jeito.
E o que foi que quis dizer então?
Vamos. Está quente demais aqui.
Espera um minuto. Não consigo achar os meus sapatos.
Estão aqui.
Ah, obrigada.
Pegou o espelho?
Peguei, meu bem...
Então vamos... Ai!
O que foi?
O sol está forte demais, faz meus olhos arderem.
Não os meus. Eu nem pisco. Olha. Eu posso olhar direto para o sol.
Não faça isso.
Por que não? Não ardem. Eu nem tenho que piscar.
Bom, mas pisque assim mesmo. Você faz eu me sentir gozada, olhando para o sol desse jeito.
Você se sentir gozada como?
Não sei.
Sabe, sim. Se sentir gozada como?
Já disse que não sei.
Por que é que você não olha para mim quando diz isso? Você está me olhando enviesado, como a senhora Breedlove.
A senhora Breedlove olha enviesado para você?
Olha. Agora olha. Desde que eu ganhei os olhos azuis, ela desvia o olhar de mim o tempo todo. Você acha que ela também ficou com inveja?
Talvez. Eles são bonitos, você sabe.
Eu sei. Ele realmente fez um ótimo trabalho. Todo mundo

ficou com inveja. Toda vez que eu olho para alguém, as pessoas desviam o olhar.

Foi por isso que ninguém lhe disse como eles são bonitos?

Claro. Você imagina? Uma coisa dessas acontecendo a uma pessoa, e ninguém, mas ninguém mesmo, dizendo nada a respeito? Todo mundo tenta fingir que não vê. Não é gozado?... Eu disse: não é gozado?

É.

Você é a única pessoa que me diz como eles são bonitos.

Sim.

Você é uma amiga de verdade. Desculpe se fiquei implicando com você agora há pouco. Quero dizer, quando eu disse que você estava com inveja e essas coisas.

Tudo bem.

Não. De verdade. Você é a minha melhor amiga. Por que é que eu não conhecia você antes?

Antes você não precisava de mim.

Não precisava de você?

Quero dizer... Antes você era muito infeliz. Acho que você não me notava.

Acho que você tem razão. Eu morria de vontade de ter amigos. E você estava bem aqui. Bem diante dos meus olhos.

Não, meu bem. Bem atrás dos seus olhos.

O quê?

O que é que a Maureen acha dos seus olhos?

Ela não diz nada sobre eles. Ela disse alguma coisa a você?

Não. Nada.

Você gosta da Maureen?

Ah, ela é legal. Para uma garota que é metade branca.

Eu sei o que você quer dizer. Mas você gostaria de ser amiga dela? Gostaria de sair com ela ou coisa assim?

Não.

Nem eu. Mas ela é muito popular.
Quem quer ser popular?
Eu não.
Nem eu.
De qualquer forma, você não poderia ser popular. Você nem vai à escola.
Nem você.
Eu sei. Mas antes eu ia.
Por que foi que você parou de ir?
Porque me mandaram.
Quem mandou?
Não sei. Depois daquele primeiro dia na escola, quando eu estava de olhos azuis. No dia seguinte eles chamaram a senhora Breedlove. Agora eu não vou mais. Mas não me importo.
Não?
Não, não me importo. É puro preconceito deles, mais nada.
É, eles são preconceituosos, isso é verdade.
Só porque eu tenho olhos azuis, mais azuis do que os deles, eles ficam com preconceito.
É verdade.
São mais azuis, não são?
Ah, sim, muito mais azuis.
Mais azuis do que os da Joanna?
Muito mais azuis do que os da Joanna.
E mais azuis do que os da Michelena?
Muito mais azuis do que os da Michelena.
Era o que eu pensava. A Michelena disse alguma coisa para você sobre os meus olhos?
Não. Nada.
Você disse alguma coisa para ela?
Não.
Por quê?

Por que o quê?

Por que é que você não conversa com ninguém?

Eu converso com você.

Além de mim.

Eu não gosto de mais ninguém, só de você.

Onde é que você mora?

Eu lhe disse isso uma vez.

Como é que a sua mãe se chama?

Por que é que você está bisbilhotando tanto?

Eu só estava pensando. Você não conversa com ninguém. Não vai à escola. E ninguém conversa com você.

Como é que você sabe que ninguém conversa comigo?

Porque ninguém conversa. Quando você está lá em casa, comigo, nem a senhora Breedlove fala com você. Nunca. Às vezes eu acho que ela nem enxerga você.

Por que é que ela não me enxergaria?

Não sei. Ela quase que passa por cima de você quando anda.

Talvez ela não se sinta muito bem desde que o Cholly foi embora.

Ah, é. Deve ser isso.

Ela deve sentir saudade dele.

Não sei por que ela sentiria saudade dele. Tudo o que ele fazia era ficar bêbado e bater nela.

Bom, você sabe como os adultos são.

Sim. Não. Como é que eles são?

Ela devia amá-lo assim mesmo.

Amar ELE?

É. Por que não? Em todo caso, se ela não o amava, ela certamente deixou que ele fizesse aquilo com ela muitas vezes.

Isso não quer dizer nada.

Como é que você sabe?

Eu sempre via quando eles faziam. Ela não gostava.

Então por que ela deixava ele fazer?

Porque ele obrigava.

Como é que alguém pode obrigar você a fazer uma coisa dessas?

Fácil.

Ah, é? Fácil como?

Simplesmente obriga e pronto.

Acho que você tem razão. E o Cholly conseguia obrigar qualquer pessoa a fazer qualquer coisa.

Não conseguia.

Obrigou você, não obrigou?

Cala a boca!

Eu só estava provocando você.

Cala a boca!

Está bem, está bem.

Ele simplesmente tentou, está ouvindo? Ele não fez nada. Você ouviu?

Já calei a boca.

É bom mesmo. Não gosto desse tipo de conversa.

Eu disse que calei a boca.

Você sempre fala muita indecência. E quem foi que contou essas coisas para você?

Esqueci.

O Sammy?

Não. Você.

Não contei.

Contou. Você disse que ele tentou fazer aquilo com você enquanto você estava dormindo no sofá.

Está vendo? Você nem sabe do que está falando. Foi enquanto eu estava lavando a louça.

Ah, é. A louça.

Sozinha. Na cozinha.

Bom, acho ótimo que você não deixou que ele fizesse.
Sim.
Deixou?
O quê?
Que ele fizesse.
Quem é maluca agora?
Eu, acho.
Claro que é.
Ainda assim...
Está bem. Vai em frente. Ainda assim o quê?
Eu fico pensando como seria.
Horrível.
É mesmo?
É. Horrível.
Por que foi, então, que você não contou para a senhora Breedlove?
Eu contei!
Eu não estou falando da primeira vez. Estou falando da segunda, quando você estava dormindo no sofá.
Eu não estava dormindo! Estava lendo!
Não precisa gritar.
Você não entende nada, não é? Ela nem acreditou em mim quando eu contei.
Então foi por isso que você não contou para ela sobre a segunda vez?
Ela não teria acreditado em mim.
Você tem razão. Não ia adiantar nada contar, se ela não ia acreditar em você.
É isso que estou tentando fazer entrar nessa sua cabeça dura.
Está bem. Eu entendi agora. Mais ou menos.
O que é que você quer dizer com mais ou menos?
Você hoje está malvada mesmo.

Você não para de dizer coisas malvadas e ruins. Achei que você fosse minha amiga.

Eu sou. Eu sou.

Então para de falar no Cholly.

Está bem.

E de toda forma não tem mais nada para dizer sobre ele. Ele foi embora.

Sim. Já foi tarde.

Sim. Já foi tarde.

E o Sammy também foi embora.

E o Sammy também foi embora.

Portanto não adianta nada falar nisso. Quero dizer, falar neles.

Não. Não adianta nada.

Agora está tudo acabado.

Sim.

E você não precisa mais ter medo de que o Cholly venha para cima de você.

Não.

Foi horrível, não foi?

Foi.

A segunda vez também?

Também.

É mesmo? A segunda vez também?

Me deixa em paz! É melhor você me deixar em paz!

Você não sabe aceitar uma piada? Eu só estava brincando.

Eu não gosto de falar de coisas indecentes.

Eu também não. Vamos falar de outra coisa.

Do quê? Do que é que a gente vai falar?

Ora, dos seus olhos.

Ah, sim. Dos meus olhos. Os meus olhos azuis. Me deixa dar outra olhada.

Veja como eles são bonitos.
É. E cada vez que eu olho eles ficam mais bonitos.
São os mais bonitos que já vi.
Verdade?
Ah, sim.
Mais bonitos do que o céu?
Ah, sim. Muito mais bonitos do que o céu.
Mais bonitos do que os olhos da Alice e do Jerry do livro de histórias?
Ah, sim. Muito mais bonitos do que os olhos da Alice e do Jerry do livro de histórias.
E mais bonitos do que os da Joanna?
Ah, sim. E mais azuis também.
Mais azuis do que os da Michelena?
Sim.
Tem certeza?
Claro que eu tenho certeza.
Você não parece ter muita certeza...
Bom, eu tenho certeza. A menos que...
A menos que o quê?
Ah, nada. Eu só estava pensando numa moça que eu vi ontem. Os olhos dela eram azuis. Mas não. Não eram mais azuis do que os seus.
Tem certeza?
Tenho. Eu lembrei agora. Os seus são mais azuis.
Que bom.
Também acho. Eu odiaria se houvesse alguém por aqui com olhos mais azuis que os seus. Tenho certeza de que não há. Não por aqui, pelo menos.
Mas você não sabe, sabe? Você não viu todo mundo, viu?
Não, não vi.
Portanto poderia haver, não poderia?

Dificilmente.

Mas talvez. Talvez. Você disse "por aqui". Ninguém "por aqui" deve ter olhos mais azuis. E em outro lugar? Mesmo que os meus olhos sejam mais azuis do que os da Joanna, mais azuis do que os da Michelena e mais azuis do que os da moça que você viu, suponha que exista alguém em algum lugar longe daqui com olhos mais azuis do que os meus...

Não seja tonta.

Poderia haver. Não poderia?

Dificilmente.

Mas suponha. Imagine um lugar bem longe. Em Cincinnati, por exemplo. Alguém com olhos mais azuis do que os meus. Suponha que existam *duas* pessoas com olhos mais azuis.

E daí? Você pediu olhos azuis e ganhou olhos azuis.

Ele deveria ter feito eles mais azuis.

Quem?

O senhor Soaphead.

Você disse que tom de azul queria?

Não. Esqueci.

Ah, bom.

Olha, olha ali. Aquela garota. Olha os olhos dela. São mais azuis do que os meus?

Não, não acho.

Você olhou direito?

Olhei.

Vem vindo alguém. Olha os olhos dele. Vê se são mais azuis.

Você está sendo boba. Não vou ficar olhando para os olhos de todo mundo.

Você tem que olhar.

Não, não tenho.

Por favor. Se houver alguém com olhos mais azuis do que

os meus, talvez exista alguém com os olhos mais azuis. Os olhos mais azuis no mundo todo.

Então, azar, não é?

Por favor, me ajuda a olhar.

Não.

Mas suponha que os meus olhos não sejam azuis o suficiente.

Azuis o suficiente para quê?

Azuis o suficiente para... Não sei. Azuis o suficiente para alguma coisa. Azuis o suficiente... para você!

Não vou mais brincar com você.

Ah, não vai embora!

Vou, sim.

Por quê? Ficou zangada comigo?

Fiquei.

Porque os meus olhos não são azuis o suficiente? Porque eu não tenho os olhos mais azuis?

Não. Porque você está sendo tonta.

Não vai embora. Não me deixa. Você volta se eu conseguir eles?

Conseguir o quê?

Os olhos mais azuis. Você volta?

Claro que volto. Eu vou embora só por um tempinho.

Promete?

Claro. Eu volto. E vou estar bem diante dos seus olhos.

E assim foi.

Uma menina negra anseia pelos olhos azuis de uma menina branca, e o horror no cerne do seu desejo só é superado pelo mal da realização.

Nós a víamos às vezes. Frieda e eu — depois que o bebê nasceu cedo demais e morreu. Depois dos mexericos e das caras de censura. Ela dava pena de ver. Os adultos desviavam os olhos, as crianças, as que não tinham medo, riam na cara dela.

O dano foi total. Ela passava os dias, seus dias verdes de criança, andando para cima e para baixo, para cima e para baixo, balançando a cabeça ao som de um tambor tão distante, que só ela era capaz de ouvir. Cotovelos dobrados, mãos sobre os ombros, ela batia os braços como uma ave que tenta voar, num esforço eterno e grotescamente fútil. Batendo o ar, uma ave alada mas presa ao chão, decidida a chegar ao vazio azul que não conseguia atingir — que não podia nem mesmo ver — mas que lhe enchia os vales da mente.

Tentávamos vê-la sem olhar para ela, e nunca, nunca chegávamos perto. Não porque fosse absurda ou repelente, ou porque tivéssemos medo, mas porque tínhamos falhado com ela. As nossas flores nunca cresceram. Eu estava convencida de que Frieda tinha razão, de que eu as plantara fundo demais. Como é que pude ser tão descuidada? Assim, evitamos Pecola Breedlove — para sempre.

E os anos se passaram como lenços a dobrar-se sobre si mesmos. Sammy deixou a cidade há muito tempo; Cholly morreu na casa de correção; a sra. Breedlove ainda trabalha como doméstica. E Pecola está em algum lugar naquela casinha marrom para onde ela e a mãe se mudaram, nos limites da cidade, e onde, de vez em quando, ainda dá para vê-la. Os gestos de passarinho se reduziram a um mero catar e colher entre os aros de pneus e os girassóis, entre as garrafas de coca-cola e a serralha brava, entre todo o lixo e a beleza do mundo — que é o que ela própria era. Todo o nosso lixo, que jogamos em cima dela e que ela absorveu. E toda a nossa beleza, que foi primeiro dela e que ela deu a nós. Todos nós — todos os que a conheceram — nos sentíamos tão higiênicos depois de nos limparmos nela. Éramos tão bonitos quando montávamos na sua feiura. A simplicidade dela nos condecorava, sua culpa nos santificava, sua dor nos fazia reluzir de saúde, seu acanhamento nos fazia pensar que tínhamos senso de humor. Sua dificuldade de expressão nos fazia acreditar que éramos eloquentes. Sua pobreza nos mantinha generosos. Até seus devaneios usamos — para silenciar nossos próprios pesadelos. E ela nos deixou fazer isso e, portanto, mereceu nosso desprezo. Nela, afiamos o nosso ego, com a fragilidade dela reforçamos nosso caráter, e bocejávamos na fantasia de nossa força.

E era fantasia, pois não éramos fortes, apenas agressivos; não éramos livres, meramente autorizados; não éramos compassivos, éramos polidos; não bons, mas bem-comportados. Cortejávamos a morte a fim de nos chamarmos de corajosos, e escondíamo-nos da vida como ladrões. Substituíamos intelecto por boa gramática; mudávamos os hábitos para simular maturidade; rearranjávamos mentiras e as chamávamos de verdade, vendo no padrão novo de uma ideia antiga a Revelação e a Palavra.

Ela, porém, avançou para a loucura, uma loucura que a protegeu de nós simplesmente porque, no fim, nos entediou.

Alguns de nós a "amaram", é verdade. Linha Maginot. E Cholly amou-a. Tenho certeza. Ele, em todo caso, foi quem a amou o suficiente para tocá-la, envolvê-la, dar-lhe algo de si. Mas o toque dele foi fatal, e o que ele lhe deu inundou de morte a matriz da agonia dela. O amor nunca é melhor do que o amante. Quem é mau, ama com maldade, o violento ama com violência, o fraco ama com fraqueza, gente estúpida ama com estupidez, e o amor de um homem livre nunca é seguro. Não há dádiva para o ser amado. Só o amante possui a dádiva do amor. O ser amado é espoliado, neutralizado, congelado no fulgor do olho interior do amante.

E agora, quando a vejo remexendo no lixo — procurando o quê? Aquilo que assassinamos? Digo que *não* plantei as sementes fundo demais, a culpa foi do solo, da terra, da nossa cidade. Agora até penso que a terra do país inteiro era hostil a cravos-de-defunto naquele ano. Este solo é ruim para certos tipos de flores. Não nutre certas sementes, não dá certos frutos, e, quando a terra mata voluntariamente, aquiescemos e dizemos que a vítima não tinha o direito de viver. Estamos errados, é claro, mas não tem importância. É tarde demais. Pelo menos nos limites da minha cidade, entre o lixo e os girassóis da minha cidade, é muito, muito, muito tarde.

Posfácio

Tínhamos acabado de entrar na escola primária. Ela disse que queria ter olhos azuis. Olhei-a, imaginei-a com eles e senti uma repulsa violenta pela aparência que visualizei caso o desejo fosse atendido. O pesar em sua voz parecia pedir comiseração e fingi comiseração, mas, perplexa com a profanação que ela propunha, fiquei furiosa com ela.

Até aquele momento eu tinha visto o bonito, o gracioso, o atraente, o feio e, embora certamente tivesse usado a palavra "belo", nunca havia sentido seu choque — cuja força era igualada pelo conhecimento de que mais ninguém o reconhecia, nem mesmo, ou especialmente, quem o possuía.

Deve ter sido mais do que o rosto que eu examinava: o silêncio da rua no começo da tarde, a claridade, a atmosfera de confissão. Seja como for, foi quando conheci o belo. Tinha imaginado por mim mesma. Beleza não era simplesmente algo para contemplar; era algo que se podia *fazer*.

O olho mais azul foi minha tentativa de dizer alguma coisa sobre isso; dizer algo sobre por que ela não tinha, ou talvez nunca viesse a ter, a experiência do que possuía e também por que rezava por uma alteração tão radical. Implícita em seu desejo estava a aversão por si mesma, de origem racial. E vinte anos depois eu continuava me perguntando como é que se aprende isso. Quem disse a ela? Quem a fez sentir que era melhor ser uma aberração do que ser o que ela era? Quem a tinha olhado e a achado tão deficiente, um peso tão pequeno na escala da beleza? Este romance busca relances do olhar que a condenou.

O resgate da beleza racial nos anos 1960 reavivou esses pensamentos, levou-me a pensar na necessidade da reivindicação. Por que, embora insultada por outros, essa beleza não podia ser considerada válida dentro da comunidade? Por que precisava ser explicada e divulgada ao grande público para existir? Essas perguntas não são inteligentes. Mas em 1962, quando iniciei esta história, e em 1965, quando ela começou a ser um livro, as respostas não eram tão óbvias para mim como logo se tornaram e agora são. A afirmação de beleza racial não foi uma reação contra a autocrítica trocista e bem-humorada de fraquezas culturais/raciais, comuns em todos os grupos, mas contra a nociva internalização de pressupostos de inferioridade imutável, originados de um olhar externo. Concentrei-me, então, em como algo tão grotesco quanto a demonização de uma raça inteira podia criar raízes dentro do membro mais delicado da sociedade: uma criança; do membro mais vulnerável: uma mulher. Ao tentar dramatizar a devastação que o desprezo racial, mesmo casual, pode causar, escolhi uma situação única, não uma situação representativa. O caso extremo de Pecola decorreu, em larga medida, de uma família devastada e devastadora — diferente da família negra média e da família da narradora. Mas, por mais singular que fosse a vida de Pecola, achei que em todas as meninas se encontravam alguns aspectos de sua vulnerabilidade. Explorando a agressão social e doméstica que podia levar uma criança a literalmente se desintegrar, criei uma série de rejeições, algumas rotineiras, algumas excepcionais, outras monstruosas, enquanto me empenhava no sentido de evitar cumplicidade no processo de demonização a que Pecola era submetida. Ou seja, eu não queria desumanizar as personagens que destruíram Pecola e contribuíram para o seu colapso.

Um problema foi o enfoque: o peso da investigação conduzida pelo romance sobre uma personagem tão delicada e vulnerável poderia esmagá-la e levar o leitor ao consolo de sentir pena dela, em lugar de se fazer perguntas sobre o esmagamento. Minha solução — quebrar a narrativa em partes a serem reunidas pelo leitor — pareceu-me uma boa ideia, cuja execução, agora, não me satisfaz. Além disso, não funcionou: muitos leitores se sentem tocados, mas não instigados.

O outro problema, é claro, foi a linguagem. Manter o olhar de desprezo ao mesmo tempo que o sabotava era difícil. O romance tentou tocar a chaga do desdém de origem racial que a pessoa sente por si, expô-la, depois suavizá-la, não com narcóticos, mas com uma linguagem que replicasse o meio que descobri na minha primeira experiência da beleza. Como aquele momento teve tamanha inspiração racial (minha repulsa ante o que minha amiga de escola queria: olhos muito azuis numa pele muito negra; o dano que ela causou ao *meu* conceito de beleza), a luta estava em escrever o que fosse indisputavelmente negro. Ainda não sei bem o que é, mas nem isso nem as tentativas de desqualificar um esforço para descobrir me impedem de continuar buscando.

Há algum tempo fiz o melhor que pude para descrever estratégias para assentar o meu trabalho em prosa específica da raça, mas isenta de raça. Uma prosa isenta de hierarquia e triunfalismo raciais. Seguem partes dessa descrição.

A frase de abertura do primeiro parágrafo, "Cá entre nós",* tinha vários atrativos para mim. Primeiro, era uma frase familiar, familiar para mim quando era criança, ouvindo adultos; ouvindo mulheres negras conversando umas com as outras, contando uma história, um caso curioso, um mexerico sobre alguém ou algum evento dentro do círculo, da família, da vizinhança. As palavras soam conspiratórias. "Psiu, não conte para ninguém" e "Ninguém pode saber disso". É um segredo entre nós e um segredo que estão escondendo de nós. A conspiração é ao mesmo tempo mantida e negada, exposta e preservada. Em certo sentido, o ato de escrever o livro foi precisamente isto: expor publicamente uma confidência privada. A fim de compreender plenamente a dualidade dessa posição, é preciso lembrar o clima político em que o livro foi escrito, 1965-9, época de grande agitação social na vida dos negros. A publicação (em oposição à redação) envolveu a exposição; a redação foi a revelação de segredos, os que "nós" compartilhávamos e os que nos eram negados por nós mesmos e pelo mundo fora da comunidade.

"Cá entre nós" também é uma figura de linguagem que, neste caso, está escrita, mas que foi claramente escolhida por ser tão oral, por falar e revelar um mundo particular e seu ambiente. Além disso, além da sua conotação de "conversa de portão", da sugestão de mexerico ilícito, de revelação sensacional, há também, no "sussurro", a suposição (da parte do leitor) de que quem fala está a par, sabe algo que outros não sabem e será generoso com essa informação privilegiada. A intimidade que eu estava visando, a intimidade entre o leitor e a página, podia ter início imediatamente, porque, na melhor das hipóteses, o segredo está sendo compartilhado e, no mínimo, entreouvido às escondidas. Parecia-me crucial uma familiaridade repentina ou uma intimidade instantânea. Eu não

---

* *Quiet as it's kept*, no original. (N. T.)

queria que o leitor tivesse tempo para pensar: "O que é que eu tenho que fazer, do que tenho que abrir mão para ler isto? De que defesa preciso, que distância manter?". Porque sei (e o leitor não, pois tem que esperar a segunda sentença) que esta é uma história terrível sobre coisas que se preferia ignorar completamente.

Qual é, então, o grande segredo prestes a ser compartilhado? Aquilo de que nós (o leitor e eu) estamos a par? Uma aberração botânica. Poluição, talvez. Uma omissão, talvez, na ordem natural das coisas: um setembro, um outono sem cravos-de-defunto. Cravos-de-defunto coloridos, comuns, fortes e resistentes. Quando? Em 1941, e como esse é um ano momentoso (o começo da Segunda Guerra Mundial para os Estados Unidos), o outono de 1941, pouco antes da declaração de guerra, tem uma insinuação de segredo. Na zona temperada onde existe uma estação conhecida como outono, durante a qual se espera que os cravos-de-defunto estejam no auge, nos meses antes de os Estados Unidos começarem a participar da Segunda Guerra Mundial, algo de horrendo está prestes a ser divulgado. A frase seguinte deixará claro que quem fala, quem sabe, é uma criança, imitando as negras adultas na varanda ou no quintal. A frase de abertura é um esforço para ser adulto em relação à informação chocante. O ponto de vista de uma criança altera a prioridade que um adulto atribuiria à informação. "Na época pensamos que era porque Pecola ia ter o bebê do pai dela que os cravos-de-defunto não cresceram" traz as flores para primeiro plano, contra um pano de fundo de sexo ilícito, traumático, incompreensível atingindo a sua temida realização. Esse primeiro plano de informação "trivial" contra um fundo de conhecimento chocante confere o ponto de vista, mas dá ao leitor uma pausa para decidir se a voz de crianças merece alguma confiança ou se merece ainda mais confiança do que a de um adulto. O leitor, então, é protegido de um confronto cedo demais com os detalhes dolorosos, ao mesmo tempo em que é desafiado a querer conhecê-los. A novidade, achei, estaria em ter esta história de violação feminina revelada da perspectiva das vítimas ou possíveis vítimas de estupro — as pessoas que ninguém investigava (certamente não em 1965): as próprias garotas. E como a vítima não possui o vocabulário para compreender a violência ou o seu contexto, amigas ingênuas e vulneráveis, olhando para trás como as adultas bem informadas que fingiram ser no começo, teriam que fazer isso por ela, e teriam que preencher os silêncios com reflexões sobre sua própria vida. Assim, a abertura fornece o impacto que anuncia algo mais do que um segredo compartilhado, mas um silêncio rompido, um vazio preenchido, uma coisa indizível sendo dita finalmente. E estabelece a ligação entre uma pequena desestabilização na flora sazonal e a destruição insignificante de uma menina negra. É claro que "pequena" e "insignificante" representam a visão do mundo exterior — para as meninas, ambos os fenômenos são repositórios de informações devastadoras que elas passam todo aquele ano de infância (e depois) tentando entender, sem conseguir. Se elas têm algum sucesso, esse sucesso está em transferir o problema da compreensão para o leitor presumivelmente adulto, para o círculo interno de ouvintes. Pelo menos terão distribuído o peso dessas perguntas problemáticas entre um público maior e justificado a revelação pública de um segredo. Se o leitor penetrar na conspiração que as palavras de abertura anunciam, pode-se entender o livro como se começasse com o encerramento: uma especulação sobre a ruptura da "natureza" como uma ruptura social, com trágicas consequências individuais, em que o leitor, na qualidade de integrante da população do texto, está implicado.

Mas há um problema no compartimento central do romance. O mundo fragmentado que construí (para complementar o que está acontecendo a Pecola), seus pedaços unidos pelas estações na infância e fazendo, a cada mudança, referência a uma cartilha de família branca, incompatível e estéril, não lida de modo eficaz, na sua forma presente, com o silêncio no seu centro: o vazio que é o "não ser" de Pecola. Isso deveria ter tido uma forma — como o vazio deixado por uma explosão ou um grito. Exigia uma sofisticação que não estava ao meu alcance e uma manipulação hábil das vozes em torno dela. Ela não é *vista* por si mesma até que alucine um eu. E sua alucinação torna-se uma espécie de conversa fora do livro.

Além disso, embora eu visasse uma expressividade feminina, ela me escapou na maior parte do livro e tive que me contentar com personagens femininas, pois não fui capaz de garantir no livro inteiro o subtexto feminino que está presente na sentença de abertura (as mulheres mexericando, ansiosas e consternadas em *"Cá entre nós"*). A confusão que essa luta se tornou é mais evidente na parte sobre Pauline Breedlove, onde recorri a duas vozes, à dela e à da narradora que apressa o relato, ambas extremamente insatisfatórias para mim. Acho interessante, agora, perceber que onde pensei que fosse ter mais dificuldade em subverter a língua para um modo feminino foi onde tive menos: relacionar o "estupro" de Cholly pelos homens brancos com o estupro cometido por ele contra a própria filha. Na minha linguagem, esse ato máximo de agressão masculino afemina-se, torna-se "passivo" e, creio, mais precisamente repulsivo quando privado do *"glamour de vergonha"* masculino que se dá (ou dava, em certa época) rotineiramente ao estupro.

Minhas escolhas para a linguagem (oral, sonora, coloquial), minha confiança na plena compreensão de códigos encravados na cultura negra, meu esforço para obter coconspiração e intimidade imediatas (sem nenhum texto explanatório e distanciador), bem como a tentativa de moldar um silêncio ao mesmo tempo que o rompia, são tentativas de converter a complexidade e a riqueza da cultura negro-americana numa linguagem digna da cultura.*

Pensando agora nos problemas que a linguagem expressiva me apresentou, fico atônita com sua atualidade, com sua tenacidade. Ouvindo línguas "civilizadas" aviltar seres humanos, vendo exorcismos culturais aviltar literatura, vendo a mim mesma preservada no âmbar de metáforas desqualificativas, posso dizer que meu projeto de narrativa é tão difícil hoje quanto o foi trinta anos atrás.

Com pouquíssimas exceções, a publicação inicial de *O olho mais azul* foi como a vida de Pecola: desprezada, trivializada, mal interpretada. E foram necessários vinte e cinco anos para ganhar para ela a publicação respeitosa que esta edição representa.

Toni Morrison
Princeton, Nova Jersey
Novembro de 1993

---

* Por razões óbvias, a tradução não pôde reproduzir fielmente essas tentativas da autora. Fez-se todo o possível, porém, para manter o tom "oral, sonoro e coloquial", sobretudo nos diálogos. (N. T.)

1ª EDIÇÃO [2003]
2ª EDIÇÃO [2019] 11 reimpressões

ESTA OBRA FOI COMPOSTA EM ELECTRA PELO ESTÚDIO O.L.M. E
IMPRESSA EM OFSETE PELA LIS GRÁFICA SOBRE PAPEL PÓLEN DA
SUZANO S.A. PARA A EDITORA SCHWARCZ EM JUNHO DE 2024

A marca FSC® é a garantia de que a madeira utilizada na fabricação do papel deste livro provém de florestas que foram gerenciadas de maneira ambientalmente correta, socialmente justa e economicamente viável, além de outras fontes de origem controlada.